dear+ novel
beta no koibito・・・・・・・・・・・・・・・・・・・・

普通〈ベータ〉の恋人

安西リカ

新書館ディアプラス文庫

普通〈ベータ〉の恋人

contents

illustration : 市川けい

普通〈ベータ〉の恋人

1

疲れた。

すごく疲れた。

身体の芯からぐずぐずと疲労物質が全身に広がっていくようで、八束有《やつかゆう》は電車の扉によりかかり、暗い窓に額《ひたい》をくっつけた。

まったく手ごたえのなかったプレゼンと、そっけない担当者の態度を思い返して改めて心が折れる。

もうこれ駄目なんじゃ…、と絶望する気持ちと、なにを弱気になってんだしっかりしろよ馬鹿、とおのれを鼓舞《こぶ》する気持ちとが交互に湧《わ》いてシーソーを始め、さらに疲労が重くのしかかってきた。有はぎゅっと目をつぶった。とにかく家に帰ろう。帰ってから考えよう。

「ん」

あともうちょっとで最寄り駅、というところでスーツのポケットに入れていたモバイルフォーンがぶるっと震えた。片耳にだけ突っ込んでいたワイヤレスイヤホンがそれに呼応《こおう》する。

〈ホズミミチタカさんから、《イマ、ドコ?》とメッセージがありました〉

音声読み上げのボイスが届き、有は条件反射で顔を上げた。暗い窓に映った自分と目が合う。

疲れきってしょぼくれていたくせに、「ホズミミチタカ」の名前を聞いたとたん目に力が戻っていて、我ながらわかりやすい、と笑ってしまった。家に帰ろう、帰ってから考えよう、と自分に言い聞かせていたのは、一緒に暮らしている彼氏の顔さえ見れば自分が元気を取り戻すとわかっているからだ。

保住道隆《ほずみみちたか》は五年あまり一緒に暮らしている有の彼氏だ。

フォーンを出してもうすぐ駅に着くよ、と返信しようとして、画面の隅でバイタルサインが点滅しているのに気がついた。学生時代、個人的に開発した特殊バース性向けの体調管理システムだ。グリーンの葉っぱが黄色になり、赤くなると三ヵ月に一度の発情期が訪れる。今朝までみずみずしいグリーンだった葉っぱが、点滅のあと黄色に変わった。発情期まで一週間を切ったという知らせだ。

今回ちょっと早いな、と思いながら有は抑制剤《よくせいざい》服用のリマインダーをONにした。

有は男性オメガだ。

身体的な男女の性差とは別に、アルファ、ベータ、オメガの三種類のバース性があると周知《しゅうち》されるようになって、半世紀ほどが経《た》つ。

社会的優位な特性を持つアルファは、男女ともにオメガを妊娠させることができ、オメガは男女ともに強力な性誘引《せいゆういん》フェロモンを分泌《ぶんぴつ》してアルファの子どもを産むことができる。どちらも「特殊バース性」と称される稀少種《きしょうしゅ》だ。

有の両親は出生時検診で「お子さんは男性オメガです」と告げられ、腰を抜かした。アルファがほぼ遺伝で生まれるのに対し、オメガはまったくの偶発《ぐうはつ》で、かつ男性オメガはほとんど都市伝説のような存在だからだ。

「母さんおろおろしちゃって、バースセンターに登録に行ったら担当の人に『私も男性オメガは初めてです』って言われて、心細くて泣きそうになっちゃった」

今では笑い話だが、母親はことあるごとにそう述懐《じゅっかい》する。圧倒的多数派のベータにとって、特殊バース性は「自分たちには関係のない世界の話」だ。さらに男性オメガは両性具有的な好奇の目で見られがちなこともあって、母親はかなり動揺したようだ。

「でも、オメガはマッチング申し込めば相性のいいアルファのパートナーに恵まれるんだし、考えようによってはラッキーですよって担当の人に励《はげ》まされて、それもそうだって落ち着いたのよね」

大多数のアルファが相性のいいオメガの伴侶《はんりょ》を強烈に求めているのは周知の事実だ。彼らにとってオメガの身体的性別などなんの関係もない。マッチングシステムで結ばれた相手とはよほどのことがない限り平穏に添い遂げるというし、子どもの幸せを願う母としては大きな安心材料だろう。

が、結果として母親とバース担当者の思惑は大きく外れた。

有のパートナー、保住道隆はベータだった。

大学でごく普通に出会い、恋に落ち、就職を機に同居に踏み切った。今ではすっかり関係も落ち着き、私生活だけでいえば順調そのものだ。

「ただいまー」

マンションの玄関ドアを開けると、おかえり、と聞き慣れた声がして、四日ぶりの彼氏が出迎えてくれた。

「おう、お疲れ」

かなりの長身のうえ筋肉質な道隆は、ついでに顔も男らしい。「生徒に人気の若い体育の先生」という風貌《ふうぼう》で、それは初めて出会ったころから変わらない。

ただし学生のころは今より無口で無愛想《ぶあいそう》だった。有が人の顔色を読まない性格だったので仲良くなれたが、基本的に自分から打ち解けるタイプではない。

それにしても顔が好み、というのは非常にいい。疲労回復によく効く。自分がオメガ特有の気怠《けだる》い系の容姿をしているので、なおのこと道隆のいかにも男らしい容貌《ようぼう》は好ましかった。

「マジで疲れた。もうだめ。しんどい」

でかい彼氏、というのも大変いい。抱きついたときの安心感が違う。ハグを求めると、道隆がぽんぽん背中を叩いてくれた。甘い抱擁《ほうよう》やキスは照れくさがってしてくれないが、慰労《いろう》の気持ちは伝わってくる。

「酸辣湯《サンラータン》作ったけど、食べるか?」

「えっ、酸辣湯？　食べる食べる」

「じゃあ先に風呂入ってこいよ。湯を張っといた」

「ありがとー」

そろそろ六月、着慣れないスーツで一日過ごすと日中は汗ばんで、早くさっぱりしたかった。

「あれっ、なんかいい匂いする」

軽くシャワーを浴びてざぶんと湯舟に飛び込むと、フレッシュな香りが立ち上った。

「バスオイルのサンプルもらったから入れてみた。どうよ？」

浴室ドアの向こうで、道隆はランドリーのスイッチを入れているようだ。

「バスオイルか。へー」

道隆は新卒採用で大手化学メーカーに勤めている。現在はヘルスケア事業部の営業戦略課に所属していて、プロジェクトリーダーとして充実した仕事をしている様子だ。正直、羨《うらや》ましい。

「いい香り。女子受けしそう」

「そっちは？　出張どうだった」

「ぜんっ、ぜん、だめだった」

帰って来たときの様子でだいたいのところはわかっているだろう。

「まあゆっくり風呂入れよ。話はあとで聞く」

あくまでクールな対応に、有はぶくぶくお湯に沈んだ。

大学在学中に仲間と起《た》ち上げた小さな会社は、今年で七周年を迎える。あるデータによると、社員十名に満たない会社が十年存続する確率はわずか一割らしい。つまり、九割は十年以内に倒産する。今の有にはぞっとするほどリアルな数字だ。九割倒産。ほぼほぼ潰《つぶ》れる。

「うぉー」

勢いをつけて浴槽《よくそう》から飛び出ると、有はがしがし身体を洗って弱気を追い出した。ソープ類も道隆が持ち帰る高級ラインのサンプルで、無駄にしっとりつやつやになると、ようやく少し落ち着いた。風呂からあがると、今度は食欲をそそる匂いがキッチンから漂ってくる。

「いい匂い」

髪を拭《ふ》きながらキッチンに入ると、道隆が準備万端で皿を並べてくれていた。

「腹減ってるみたいだったから、炒飯《チャーハン》も作った。食うだろ?」

「食べる食べる」

態度はそっけなくても、有がへこんでいるときには道隆はいつもさりげなく優しい。

「ま、メシ食えるんなら大丈夫だな」

いそいそ席についた有に、道隆もビールをあけた。

「大丈夫じゃないけど、大丈夫じゃないときほど食わないと」

道隆が注《つ》いでくれたビールをやけくその勢いで飲むと、道隆が眉をあげた。

「資金繰《ぐ》り、だいぶまずいのか?」

「うん、だいぶまずい」

やせ我慢も強がりも、彼氏の前では必要ない。

今回の出張は、新しくリリースする情報共有システムの導入案内だった。紹介された地方の企業を四日かけて回ったが、反応は予想以上に厳しかった。

「素人《しろうと》コンサルの言うことなんかアテになんねえぞって言っただろ」

愚痴《ぐち》るとさっそく道隆が批判する。

「やるだけやってみろよって道隆だって言ったじゃん！」

「期待しすぎるなって話をしてんだ」

「そんなこと言ったって」

ずけずけした物言いだが、有のがっかりしている様子を見ていられないだけだと知っている。有は遠慮なくふくれた。

「四日もかけてさ、在来線使ってやっすい宿とコンビニでしのいでさ、それもこれも一件契約とれたらそこから芋《いも》づる式に紹介してもらえるって話だったから頑張ったのに」

「いいから食えよ」

コンビニでしのいで、のところで顔をしかめて、道隆が有の前に皿を置いた。

「文句言う前に次の手考えろよ、代表取締役社長」

「それ言わないでってば」

大学時代に部活仲間と起業したとき、名刺の肩書に「代表取締役社長」と大見栄《おおみえ》を切ったが、会社の実態はいつまでたっても学生時代と変わらない。

「でも来月には契約金の残りも入ってくるからなんとかなる…と思う。少なくとも、来月はしのげる。銀行の担当も上司に掛け合ってくれるって言ってたし。そうだ、あとで確認しとかないと」

ああ言えばこう言うで、道隆とこういう話をしていると半分口喧嘩のようになるが、それで不安が和《やわ》らぎ、頭が整理されてくるから不思議だ。

「まあ、どうしてもだめなときは素直にだめになりゃいいよ」

道隆が有の空《から》になったグラスにビールを注いでいつもの結論を出した。

「そしたら道隆、養ってくれる?」

「ふざけんな。すぐ職探せ」

「冷たいなあ」

でも道隆は、有が本当に凹《へこ》んでいるときには「いざとなったら俺が食わせてやるから心配すんな」となんでもないように口にするし、生活費は折半《せっぱん》と言いながら、道隆は高級食材は「俺が食いたいだけだから」と言って自分のカードで払ってくれるし、ちょこちょこした出費も黙って立て替えてくれている。

「ごめんね」

ついぽろっと謝ると、道隆は聞こえない顔で「冷めないうちに食え」と偉そうに言った。有はくすっと笑った。やっぱり道隆といると元気になる。

「美味《おい》しい」

熱いスープを一口飲むと、鶏《とり》の旨味《うまみ》とピリッとした辛さが食欲を刺激し、食欲が湧くとさらに気持ちが前向きになった。

「ま、そのうち盛り返して、びっくりするくらい業績伸ばして、カリスマ経営者になって、そしたら道隆にいい思いさせてやるから待ってろよ」

「おー、そりゃいいな。期待してる」

道隆がわざとらしく明るい声を出し、「なにそのまったく信用してない感じ」と有もいつもの返しをした。

「じゃあもうこの話は終わり」

感謝をこめて宣言すると、有は壁面《へきめん》プロジェクターをオンにした。二人で応援している地元バレーボールチームの試合のダイジェストが大写しになって、そこからは試合を肴《さかな》に楽しく食事をした。

有は素人丸出しで「いけっ」「ストレート!」「あーブロック高いぃ」と騒ぐだけだが、学生時代バレーボールに打ち込んでいた道隆は高度な戦術解説をする。

「あー、試合見に行きたいなあ」

「だな」

そこは意見が一致して、とっとと業績回復させて休み作れよと無茶ぶりされた。

「有、もう抑制剤飲むサイクルか?」

食事を終え、道隆が風呂に入っている間にあと片づけは有がした。ウォッシャーのスイッチを入れていると、湯上がりの道隆が冷蔵庫を開けて、用意してあったアンプルに気がついた。

「今回、ちょっと早いみたい。バイタルサイン出たから、忘れないようにしないとと思って」

アンプルは小指ほどの大きさで、先端をねじ切って経口摂取《けいこうせっしゅ》する。オメガの発情期は個人差があって、有の場合は三ヵ月に一度、一週間ほど続く。抑制剤を服用すれば誘引フェロモンは抑《おさ》えられるし、ひどい発情も起こさないが、いつも通りの体調というわけにはいかなかった。微熱と軽い頭痛くらいだが、集中力を持続させるのが難しいので、重要な会議や打ち合わせはできるだけ日程をずらすようにしていた。正直、ハンデだ。

「俺はなにもしてやれないけど、辛かったら言えよ?」

道隆は発情期のたびに同じことを言う。

「うん。ありがとね」

いつもややひねくれた物言いをしがちな道隆が、このことだけにはストレートに優しくて、有もそのぶん素直になれた。

ちょいと寄りかかると、今度は意図をもって抱きしめられた。有は特に小柄な方ではないが、骨格が華奢《きゃしゃ》で、それはオメガの特性らしい。長身の道隆に抱きしめられると完全に腕の中に納まってしまい、有は抱き枕にちょうどいいサイズなんだよな、とつき合うようになってすぐのとき、道隆は嬉しそうに何度も言っていた。

「道隆」

「うん?」

「いい匂い」

風呂のときに髭《ひげ》を剃《そ》る習慣のある道隆からほのかなシェービングローションの匂いがした。好きな匂いだ。道隆が愛用しているから好きになった。長年馴染《なじ》んだ身体は、自分専用の毛布のようだ。する?　という意思確認の必要もなく、日常の続きで並んで歯磨《みが》きして、翌日の準備をして、寝室に行って抱き合った。

「有、もう柔らかいな」

「やっぱり?」

キスしながらパジャマの下だけ脱ぐと、恋人の指が試すように中に入ってきた。発情期が近づくと、身体が如実《にょじつ》に変化する。ジェルを使わなくても勝手に身体が潤《うるお》うし、男を受け入れる準備を始めてしまう。

「ああ……っ、ん……」

有の身体を、有よりよく知っている恋人の手が中を探る。

「もっと…」

「有」

「あっ、あ……道隆……」

発情期が近づくと、道隆はいつも同じことを口にする。——俺はなにもしてやれないけど、辛《つら》かったら言えよ。

発情期のオメガを本当に鎮《しず》めてやれるのは、アルファだけだ。もし道隆がアルファなら、有はとっくに煩《わずら》わしい毎日のバイタルチェックや抑制剤から解放されている。相性のいいアルファとの定期的な性行為は体質を変え、誘引フェロモンを抑制するからだ。

でも道隆はベータで、有はいつまでたっても三ヵ月に一度の発情期のためにあれこれ配慮しなくてはならない。

俺はなにもしてやれないけど……

そんなことはない。

「道隆」

彼氏の唇にキスしようとして、ふっと遠い記憶が頭を過《よ》ぎった。

「どうした?」

道隆が顔を覗き込んできて、有は慌てて頭を振った。

「なんでもない」

それより、と引き寄せると大きな身体が覆《おお》いかぶさってくる。両手を背中に回して、有は全身で恋人に抱きついた。

一度だけ、アルファと寝たことがある。

なぜか今、突然思い出した。

道隆のいつもの愛撫、いつものキスに応《こた》えながら、有はどうして急にそんなことを思い出しているのか、自分に困惑していた。

もう顔も名前も覚えていない、「クラブ」で出会ったアルファ。

公《おおやけ》にはされていないが、発情期のオメガと、そのオメガの熱を根本的に解消することのできるアルファが合意で関係を持つことは、ごく当たり前に行われていた。

自分の身体をよく知るためにも、安全な性行為はむしろ必要――とバースセンター衛生管理セミナーでも推奨《すいしょう》されている。

有も好奇心と年齢相応の欲求から、IDが発行されてすぐ、どきどきしながらクラブに出かけた。そして最初に声をかけてきたアルファと「個室《ルーム》」に入った。――その直後に大学の同級生と恋に落ちると知っていたら、あんな軽はずみなことはしなかった。

あとからものすごく後悔したが、当時は初体験というものにさして思い入れがなかったし、さっさと経験して自分の体質を把握《はあく》したい、としか考えていなかったのだからしかたがない。

「発情《ラット》させられたのは初めてだ」

行為のあと、その男が呟《つぶや》くように言っていたのがなんとなく印象に残っている。オメガの発情《ヒート》と違って、アルファの発情はオメガとの相性がポイントだという。有は初めてだったから他に比べる対象がなくてよくわからなかったが、たぶんあの男と自分はかなり相性がよかったのだろうなと思う。

確かにあのセックスは麻薬のようだった。男の発散するフェロモンは脳をだめにしてしまいそうに甘く、心まで浸食《しんしょく》してきそうで怖かった。

「また会えるか？　来週、同じ時間に待っている」

有が承諾するのを確認するまでもなく、彼は慌ただしく身づくろいをして出て行った。

もし道隆と出会っていなかったら、自分は行っただろうか。

「――あ」

両足を大きく割られた。軽々と腿《もも》を押し上げられて、あっという間に思考が流される。性急に中に潜《もぐ》り込んできたものの存在感に、有は連続で声をあげさせられた。

「う、ん……」

根本まで入った。

「痛かったか？」

珍しく強引に入ってきて、でもそこで道隆は有の顔を覗き込んできた。腕立て伏せの要領で身体を引きあげ、体重がかからないようにしてくれている。

「ちょっとだけ。でも、痛いのもいい……道隆」

「うん？」

優しい大きな手が頬を包むようにして、目を閉じると厚い唇が重なって来た。この唇、この手、道隆と出会えてよかった。

道隆の匂いが好きだ。

普通の男の普通の生活の匂い。

有は目を閉じて恋人の匂いを深く吸い込み、ごめん、と心の中で謝った。セックスの最中に他の男のことを考えるなんて、あり得ない。

それにしても、どうして急にあんな昔のことを思い出したんだろう。

すっかり忘れていたはずのアルファのことをなぜ急に思い出したのか、その理由は次の日わかった。

2

は？　と思わず声が出て、慌てて咳払《せきばら》いでごまかした。背中に変な汗がにじむ。

顔を見る前から予感があった。シースルーのドアが開く前から動悸《どうき》がした。

漂《ただよ》ってくるアルファのフェロモンを鼻腔《びこう》がキャッチして、有《ゆう》は全身が総毛立《そうけだ》つのを感じていた。

数時間前、有はふがいない結果に終わった出張報告をして、さてどうするか…とずっと一緒にやってきた仲間と膝を突き合わせていた。

このままでは資金ショートで会社は終わりだ。

ひとまず銀行の担当者のアポを取ろう、とモバイルフォーンを出して、有は「K&G嘉納《かのう》」という名前の着信サインが出ているのに気がついた。

K&Gはスタートアップ支援に力を入れている投資集団だ。

テックベンチャーに興味がありそうなファンドに片っ端からレターを送ったとき、こんな有名どころに相手にされるわけがないよな、と思いつつK&Gにもリリース案内を送った。

そのとき送った数百のレターに返事はほとんどなかったが、ちょこちょこ資料を送れとかテスト版についての問い合わせがあり、その中にK&Gも含まれていた。反応があったこと自体に驚いたが、自動返信に近いものだろうとテスト版を送り、忘れるともなく忘れていた。

件名には至急のマークがついており、テスト版に不備でもあったのか、と慌ててメールを開けて、有は文字通り飛び上がった。

今日たまたま予定が一件流れたのでお会いしたいが可能だろうか、というありえない奇跡に、もちろん全力で飛びついた。

何かの間違いかもしくは詐欺《さぎ》、一番ありうるのは「今日ご足労《そくろう》いただいたのは別件で」とこちらのリリースは完全スルーで、がっかりするような不利な条件での仕事依頼を提示されることだ。その場合は穏便《おんびん》に退却せねば…と有は脳内で会話をシミュレーションしていた。

オフィスタワーの最上階は完全にワンフロアになっていて、人とＡＩロボットが半々で働いている。有にお茶を出してくれたのもＡＩロボットだった。

応接室だけはさすがに個室だが、オールシースルーなので背の高い男が近寄ってくるのが壁越しにも見えた。が、その前から有は激しい動悸に汗をかいて耐えていた。

この匂いはアルファだ。

今までにも偶然アルファと出会ったことはある。ほとんどはただすれ違ったというレベルで、あとは講演を聞きに行ったら登壇していたスピーカーがアルファだった、とかだ。意図せず一対一で会うのは初めてで、有は激しく動揺した。

なにより、なぜ昨夜《ゆうべ》急に初体験のことを思い出したのか、その理由にやっと気づいたからだ。

愚《おろ》かだった。

嘉納統也《かのうとうや》。

それはあのとき初めて寝たアルファの名前だ。今の今まで忘れていた。

クラブではアルファもオメガも匿名《とくめい》が原則だが、再会を望む相手にはネームカードを渡す。

クラブから帰って、ジャケットのポケットにカードが入っているのを見つけ、いつの間に、と驚いたことも思い出す。本名とＩＤがプラスチックカードに刻印されていて、モバイルフォーンに読み込ませればいつでも相手を呼び出せる。これが、と物珍しくて少しの間手元に置いていた。

そのあと道隆とつき合い始めて彼のことはすっかり忘れた気でいたが、「嘉納統也」の名前は初めての性行為とセットになって、有の記憶の奥底に残り続けていたらしい。それがレターを送った際にＫ＆Ｇの代表の名前としてフルネームが目に入り、徐々に記憶から引っ張り出されていたのだろう。昨夜のんきに「なんで急に一回寝ただけのアルファのことを思い出したんだろ」などと首を傾《かし》げていたが、無意識領域ではずっと警戒音が鳴っていたのだ。

そして今、本人が目の前に立っている。

「初めまして、嘉納です」

甘いバリトンに、恐ろしくて顔を上げられなかった。

まだ発情期はきていないし、予防のために早めに抑制剤《よくせいざい》を服用している。それでも特殊バース性のフェロモンは当事者間では隠しようがない。

「…お時間を頂戴《ちょうだい》いたします。タスク代表の八束《やつか》有と申します」

よろけないように足に力を入れて立ち上がり、有は必死で声を絞《しぼ》り出した。気持ち悪いほどの動悸に耐えて、おそるおそる顔を上げる。嘉納は一瞬だけ強い目で有を見つめた。

やはり、あのときのアルファだ。

すっかり忘れていたはずなのに、潜在意識にはしっかり記憶が保管されていた。そうだ、こんな顔だった。端整な顔立ちときつい目つきに、一気に記憶がよみがえる。

「よろしくお願いいたします」

「どうぞ、おかけ下さい」

有が差し出した名刺を受け取り、嘉納はにこりともせずに席についた。ラフなシャツスタイルだが、迫力のある体格もあいまって気圧《けお》される。普段有は「君は顔に似合わずいい性格してるな」と言われるくらいふてぶてしいのに、勝手に身体が縮こまってしまった。

自分がオメガだということは匂いでわかっただろうが、過去に関係を持ったことは忘れている、と考えていいのだろうか。有は必死で嘉納の様子を窺った。七年も前のことだし、有は名前を明かさなかった。それに彼は「初めまして」と口にした。

「今日は突然お呼びたてして、申し訳ない」

嘉納は少しも申し訳ないとは思っていない態度で決まり文句を口にした。

「ご連絡したとおり、先日テスト版をもらった御社の新サービスについて、テック部門から有力投資先として上がってきていたので、決済する前に一度お会いしておきたかった」

「ほっ、本当ですか⁉」

冷や汗をかいていたのに、チェアにかけるなり切り出された嘉納の言葉に、有は思わず身を乗り出した。

「私もテスト版を拝見して、なかなか面白いシステムだと思った」

嘉納がデスクをタップすると、半面がディスプレイになった。画面が数回切り替わり、レターで送った新サービスのテスト版が表示された。嘉納は足を組んで前屈《かが》みになり、あごに手をやった。

「これ、リリース予定は？」

興味深そうにディスプレイを眺めている様子に、これは昔のことは忘れてるな、と有は確信した。ほっとすると同時に、交渉開始に身が引き締まる。

「クローズドで運用してみて反応をいただいてから策定《さくてい》しますので、リリース予定はまだはっきり決まっていません。ただしそれも運転資金次第です。資金さえ調達できれば人員を確保してすぐに進めます」

「なるほど」

嘉納はディスプレイに目をやったまま、しばらくなにか考えていた。風格がある、というのを体現するような男だ。まだせいぜい三十半《なか》ばくらいだろうが、声にも仕草にも近づきがたい重みがある。

ディスプレイがデモンストレーションを開始した。エンジニア向けのサービスで汎用性《はんようせい》はあるが、まだ開発したところでこれ以上の展開をするのには資金が要《い》る。うまくいけばリターンは大きい、と銀行の担当者も上司にかけあってくれているがいまだ決済は下りていなかった。

「あの」

ここは勝負だ、と有はまったくもって自信のない営業トークを始めるべく、小さく身を乗り出した。今こそ図々しさ全開でいかねば。

「嘉納さま」

「君は、あのときの子だな」

油断したところに一撃を喰らった。有は息を止めた。すっと血流が下がっていくのがわかる。目の前が暗くなって、視野が狭くなって、だめだ、と有は首を振っておのれの自律神経を叱咤《しった》した。

「忘れていると思ったか？」

有の動転ぶりに、嘉納がふっと笑った。初めて表情らしい表情を見せたが、嘉納はすぐにまた無表情に戻った。どう反応するのが正解なのかまったくわからないまま、有はひたすら固まって嘉納を見つめた。

「あ、あの、…っ」

なにか言わないと、と焦《あせ》って声が裏返った。

嘉納はゆったり足を組み替えた。

「まさかこんなふうに再会するとは驚いた。あれは俺が日本に帰ってすぐだったから、……七年くらい前か」

「そ……そう、ですね。わたしが二十歳になったところだったので、そうです、七年……」

冷や汗がだらだら流れる。

「八束有」

嘉納はデスクの端に置いていた名刺を指先でつまんだ。フルネームを口の中で転がされ、嫌な動悸がした。嘉納の深みのあるバリトンで名前を呼ばれると、反射的に背筋が伸びる。

「まさかあのときの初々《ういうい》しい子が経営者になってたなんて、驚いたな」

初々しい子、などと言われたら、いつもならむっとするところだが、そんな余裕はなかった。

有は無理やり口角《こうかく》を上げて愛想《あいそ》笑いをした。

「わたしも、驚きました」

「俺は君の名前を知らなかったが、君は本当にここに来るまでまったく俺だと気づいてなかったのか?」

ものすごい威圧感に、有はごくりと唾《つば》を呑み込んだ。

「はい。あの…お、お名前を憶《おぼ》えていませんでしたので。すみません」

有は改めて頭を下げた。投資集団K&Gの代表として、どこかの経済記事で名前や顔を目にしていたかもしれないが、実際に自分がアクションを起こすまでは意識したこともなかった。

レターを送るときにふっと引っ掛かったが、その時点でもスルーした。

「完全に忘れ去られてたとは、残念だ」

あまり表情がないのでわからないが、冗談めかしているようだ。が、プライドの高いアルファが内心どう思っているのか、想像すると恐ろしい。もうすこしで「すみません」と謝りそうになったが、それは逆に失礼なことの気がして、有はひたすら冷や汗をかき続けた。

「今は？」

漠然《ばくぜん》とした問いかけだが、恋人の有無《うむ》を訊いているのだというのはわかる。仕事で来ているのにプライベートをつつかれるのは心外だ、と突っぱねられたらどんなにいいだろう。あらゆる意味で弱い立場に立たされている有は、なんとか当たり障《さわ》りのない返事を探した。

「おかげさまで、その、へ、平穏にやっています」

「仕事が充実していると他のことは後回しになるというタイプか？」

今度は言われた意味があまりよくわからなかったが、曖昧《あいまい》にうなずいた。

「なるほど」

どうやら怒ってはいないようだ。

それにしても、ザ・アルファだな…とほんの少しだけ落ち着いて、有は目の前の男をそっと観察した。目鼻立ちがどうの、身なりがどうのより、圧倒的なオーラがある。

伴侶《はんりょ》を得るまでの間、特殊バース性の人間はクラブや匿名《とくめい》チャットで一過性《いっかせい》の相手を探すのが一般的だ。有には道隆がいたので、そうした社交には縁がないまま過ごしてきた。アルファとまともに話したのは、考えてみれば彼とだけだ。悠然《ゆうぜん》とした態度は尊大《そんだい》ともいえる。そしてそれを当然だと思わせるのがアルファというものなのだろう。

「昼はまだだな？」

嘉納が有の名刺をポケットに入れた。

「話もあるから、食いに行こう」

断る選択肢など、あるわけがなかった。


どこに連れていかれるのかと戦々恐々《せんせんきょうきょう》としていたが、嘉納が向かったのは同じビル内のカフェテリアだった。まだ昼には少し早い時間帯で、客はまばらだ。嘉納は一番奥のソファ席に陣取《じんど》った。席ごとについているサービング用のカートはもうランチ設定になっている。

内装は洒落《しゃれ》たカフェ仕様だが、ビル内で働く社員の食堂という位置づけらしく、ランチメニューは定食を中心に、ずいぶんバラエティ豊かだった。食欲などまったくなかったので、有はスープつきのバゲットセットを選んだ。

「ずいぶん小食だな」

「はあ」

嘉納は今の有には胸やけしそうなステーキ膳《ぜん》をタップした。

「それを預かろう」

「え？」

嘉納が有の首に下がっているセキュリティカードを指さした。

「ええっと…」

「今はプライベートだ」

受付で渡されたとき、会話の録音を許可するチェックをつけさせられたことを思い出した。これで録音してたのか、と有は唯々諾々《いいだくだく》と首から外しながら、何を話すつもりなのかとおののいた。有からセキュリティカードを受け取ると、嘉納は当然のように裏面のチップを抜き取った。これで会話は文字通りオフレコになった。

「あのとき、俺は君にネームカードを渡したし、また会おうと約束したな」

特に態度が変わったわけではなかったが、いきなり核心をつく話になって、有はまた背中に嫌な汗をかいた。

「ええっと、僕はお約束、をしたつもりは……」

「そうだな。それで来なかったわけだ」

「あの、ずいぶん前のことですので、あまりよく覚えていない、といいますか……そ、その…」

嘉納がわずかに目を眇《すが》めた。

「忘れるかどうかは時間経過の長さで決まるものじゃない。げんに俺は忘れてない。君はあのときのオメガだと匂いですぐわかった」

あくまでも口調は平坦だが、目が笑っていない。オメガ、とはっきり口に出されてどきっとした

「発情《ラット》させられたのは初めてだと言ったのも、覚えてないのか？」

嘉納が畳《たた》みかけて来た。こんなところでそんな際どい話はしたくない、と遮《さえぎ》りたかったが、勢いに負ける。

「君は初めてだったな」

「えっと、あの、はい」

「俺は優しかっただろう？」

「は、はあ…」

「優しくしたはずだ」

なんで今になって七年近く前の、しかもプライベート中のプライベートなことで問い詰められなきゃならないんだ、と理不尽を感じる。が、アルファのオーラで迫られると竦《すく》んでしまう。情けない。

「その上で、どうして俺は君に振られたのか、理由を訊きたい」

「そんな、振るとか」

「じゃあなんだ」

「ほ、ほかに、すきな、ひとが」

防戦一方でどうしようもなく答えると、嘉納が急に黙り込んだ。

「──『好きな人』?」

「あのあとすぐ、好きな人ができたんです」

嘉納が虚《きょ》を突かれたように目を見開いた。

「それで、そ、その人と、ずっとおつき合いをしています」

「まさか、君、伴侶がいるのか?」

そんな馬鹿な、と言いたそうに声が跳ね上がる。近くの席に人はいないが、どきっとして思わず腰を浮かせた。

「でも君、匂いがするぞ」

さすがに嘉納が声を潜《ひそ》めた。アルファの伴侶がいるオメガは、誘引フェロモンを分泌《ぶんぴつ》しなくなる。伴侶がアルファなら。

「彼はベータなので」

でも道隆はベータだから、有はいつまでも誘引フェロモンを分泌し続けている。

「──なに?」

嘉納が聞き間違いをしたのか、というように眉を寄せた。

「僕がおつき合いをしている相手は、ベータなんです」

ああ、相手がいないと思われていたんだな、と有は納得した。さっき「仕事が充実してると他のことは後回しになるタイプか?」と訊かれたのはそういうことだ。オメガがアルファ以外の恋人をつくるなどということは確かに嘉納でなくても想定外だろう。

有は膝の上に置いていた手をぎゅっと握った。早くこんな話は終わりにしたい。

「あなたと、その、クラブで会ったあとに今の彼とおつき合いすることになって、それでいただいたネームカードは処分しました。もちろんクラブにも行きませんでした。すみません。それで、彼とはずっと順調で、今は一緒に暮らしているんです」

「ベータとか?」

嘉納が信じられない様子で確認した。

「はい」

唖然《あぜん》としている嘉納に、有はしっかり目を合わせた。

「そうです」

沈黙が落ちた。

嘉納はまだよく呑み込めない顔で有を見つめている。有はやっと腹が決まって、背筋を伸ばした。

「その節は大変失礼いたしました。ですが、もう七年も前のことですし、当時は私もまだ学生でした。未熟だったということでお許しいただけないでしょうか」

そもそも仕事の話のために来たのだから、関係のないプライベートを持ち出して過去を蒸し返すのは明らかに嘉納のほうがルール違反だ。弱い立場ではあるが、ここは毅然《きぜん》とせねば、と有は努《つと》めて冷静に話した。

「今日は先日お送りした弊社《へいしゃ》の新システムについてのご案内で参りました。ぜひそのことをお話しさせてください。お時間いただきましたこと、まことに感謝しております。貴重な機会を無駄にしたくありませんし、嘉納さまにも利のある話だと自負しております」

一生懸命訴えると、嘉納が気が抜けた様子でふっと息をついた。

「確かにそうだな」

有を強い目で見つめ、それから椅子に背を預けた。

「ビジネスで呼びつけたのに、こちらの事情で話を変えて悪かった」

軽やかな音がして、サービングカートが料理を運んできた。鉄板の上でじゅうじゅう音を立てている肉と、スープカップとバゲットのセットが自動でサーブされる。

「食べるか」

嘉納が気が抜けた様子でカトラリーを取った。

「はい」

分厚《ぶあつ》いステーキ肉を食べる嘉納の前で、ちまちまとスープとセットのサラダを食べているとなんだか肉食動物と草食動物、という感じで居心地が悪かった。でもどうやら嘉納は納得してくれたようだ。

「食べたらオフィスに戻ろう」

しばらく無言で食べていた嘉納が、顔を上げた。

「君のことがずっとどこかで引っ掛かっていたから、あまりの偶然につい頭に血が上った。一方的な昔話につき合わせて申し訳なかった」

急に対応が変わって戸惑ったが、嘉納のほうでも不意打ちの再会に相当驚いて性急な反応になったのだとわかった。

「失礼なことも言ったな」

頭が冷えた、というように嘉納が録音チップを入れ直してセキュリティカードを返してよこした。

「悪かった」

「いえ、そんな」

ほっとして、有はセキュリティカードを首にかけた。アルファ特有の傲慢《ごうまん》さはあるものの、嘉納は基本的にはフェアな人物のようだ。

「さっさと食べて戻ろうか」

気恥ずかしそうな様子に、有は初めて彼に親しみのようなものを感じた。

「よろしくお願いします」

なんとかスタート地点に戻れた。

よし、と心の中で気合を入れ直し、有は残っていたバゲットを口の中に押し込んだ。

3

有《ゆう》がK&Gのオフィスから自分の会社に戻ったのは、そろそろ電車に部活帰りの高校生が目立ち始める時間帯だった。

コンビニの前で豚まんをかじるジャージの群れをすり抜け、地べたに放り出されたクラブバッグをよける有の足取りは軽い。さらにへんな色の細長いビルの階段を、有は華麗に駆け上がった。

ビジネスタワーの最上階から、年中エレベーターが故障している雑居ビルの狭い一室は落差がすごい。が、有にとってはどこよりも落ち着ける場所だ。

「あ、八束《やつか》さん！」

「どうでした？」

「成果のほどはいかにっ」

ただいまー、と塗装《とそう》のはげたスチールドアをあけると、パーテーションの仕切りからわらわらと人が出てきた。全員、まるでお揃いのようにチェックのシャツとサイズの合っていないデニム、という恰好《かっこう》だ。理工系の大学研究室でよく見る光景だが、実際、社員七人全員が大学時代の部活仲間だ。よくも悪くもいつまでたっても学生ノリが抜けないのはそのせいもある。

「――投資、いただけました！」

一呼吸おいて報告すると、わっと歓声が上がった。

「まじで？」

「やった」

「さすが八束殿！」

今日は月に一度の全員ミーティングの日だった。全員が顔を揃えているときにいい報告ができて有もほっとした。

「八束さん。お疲れ様でした」

開発を担当した小宮《こみや》がおずおずと近寄って来た。社内唯一の女子で、有の一つ下の生真面目《きまじめ》な子だ。自分の作ったシステムがどう評価されたのか、知りたがっている。

「テストバージョン、テック担当の人が褒《ほ》めてくれたよ。小宮の作ったアプリケーションが有望投資先としてあがったきっかけだって言ってた」

「本当ですか？」

小宮の頬がみるみる上気《じょうき》した。

「よかったぁ…！」

「小宮がんばったもんな」

仲間が小宮を囲んで拍手をした。いつもなら背中をばんばん叩いたり、肩を揺すったりするところだが、女子に対する配慮に欠けがちなみんなも、さすがにちゃんとわかっている。

「早いとこ本格始動して、小宮が安心して産休入れるようにしないとなあ」

「まだ私四ヵ月入ったとこですよ」

「でも妊娠というのは、いつ何があるかわからんのだろう」

いつまでも学生気分じゃだめだ、となんとなくみんなが自覚し始めたのは、去年小宮が結婚して子どもができたことが大きい。

「小宮の子はきっと『持ってる』な！」

「そうだそうだ、こっからいい風くるぞー」

喜び合うみんなを眺めながら、有はそっとスーツのポケットのあたりに触れた。

そこに気の重いカードが入っている。帰り際、嘉納《かのう》に手渡されたネームカードだ。

「なにかあったら連絡してくれ。プライベートならもっと君の力になれる」

そっと囁《ささや》いてきた嘉納のバリトンが耳に蘇《よみがえ》った。

今回の投資は嘉納の一存で決まったものではない。テック部門の専門スタッフが判断した上で嘉納が決済した案件だ。だからその点で有が後ろめたく思う必要はまったくなかった。

しかし「プライベートならもっと君の力になれる」というのは違う。

どういう意味なのか、と考えると憂鬱《ゆううつ》だ。

エレベーターまで見送りに来てくれたのは嘉納のほかにも二人いて、彼らから見えない位置で素早く手渡されてつい反射的に受け取ってしまい、その直後にエレベーターの扉が閉まったので返すタイミングを逸《いっ》してしまった。

有はポケットの中のカードを手に取った。

通常の名刺サイズより一回り小さいプラスチックカードは、個人情報が詰め込まれている。モバイルフォーンで認証チップを読みこめばそのまま相手と連絡がとれるようになるし、相手の簡単な経歴なども出てくる。

早めに返したほうがいいが、そのためにはまた嘉納と二人きりで会う必要がある。カードだけを送り返すのはあまりに失礼だし、本人の判断で機能停止にできるとはいえ、今回は勝手に処分するわけにはいかない。

投資を勝ち取った喜びと安堵で、直後は「困ったな」という程度だった負担感が今になってどんどん膨《ふく》らんできた。

「八束、どうかしたか?」

有の浮かない顔に気づいて、角谷《かどや》が声をかけてきた。ふくよかな体形と垂れ目がいかにもな癒《いや》し系だが、角谷のエンジニアとしての勘は動物的に鋭《するど》い。角谷が「なんかおかしい」「どうも気持ち悪い」と言ったシステムには必ず重大なバグが潜《ひそ》んでいた。

「顔色がよくないぞ」

心配そうに顔を覗き込まれて、有は急いでカードをポケットに突っ込んで笑顔をつくった。

「いや、なんでもないよ」

有がオメガだということは、もちろん誰も知らない。

完治《かんち》の望めない持病がある、というのが大多数のオメガが使う「決して嘘ではない事情」だ。公表するのは本人の意思次第だが、知らされたほうにも守秘義務が生《しょう》じるので、この先も話すつもりはなかった。みんなに変な負担をかけたくない。

「疲れ溜まってるんですよ。八束さん一人にいろいろ背負わせちゃってるもんなあ」

そばにいた別の一人も同意する。

「いやいや、俺はそれが仕事だから」

代表取締役社長、という大層《たいそう》な役職は、部活動から法人化するときに「交渉ごとに出せるのは八束くらいでしょ」と人見知り揃いのみんなに言われ、なおかつ客観的にエンジニアとして一番戦力にならないのは自分だ、という冷静なジャッジで引き受けた。

その判断自体は間違っていなかったと思うが、雑用係兼代表、というような学生ノリが通用する時期はとっくに過ぎた。

融資《ゆうし》を取りつけ、取引先と折衝《せっしょう》し、常にぎりぎりの資金繰りをなんとかしなくてはならない。しっかりした企業に就職する道もあったのに、自分たちについてきてくれた後輩たちにも強い責任を感じる。

「八束」

これでなんとか年内は、と頭の中で算段をしていると、角谷がそっと手招きした。

「あのな。木ノ下《きのした》が引き抜きの打診受けたらしいんだ」

「えっ」

思わず振り返って、猫背の同期に目をやった。少々言動にくせのある木ノ下は「タスク」の大黒柱だ。小宮の斬新《ざんしん》な発想も、木ノ下のずば抜けた技術力なしでは具現化しない。

「ど、どこから…？」

「トラストネットワークス」

「関《せき》さんか…！」

トラストネットワークスは、他大学の一学年上だった学生たちが卒業後に起《た》ちあげた会社だ。「タスク」と違い、堅実《けんじつ》な経営ぶりで社員を増やし、受託《じゅたく》開発を基本にした優良企業に育っている。

引き抜き話を打ち明けてくれたということは応じる気はないということだろうが、正直、ショックだ。

なにより自分が「木ノ下にとってはそのほうがいいかも」と思ってしまったことに愕然《がくぜん》とした。

「関さんなら木ノ下の実力わかってるし、今よりよほどいい待遇で迎えてくれそうだけどなあ」

角谷も同じことを考えていたようだ。

「木ノ下には、みんなに洩《も》れたらややこしくなるかもしれないからって口止めされた。俺と八束にだけは報告しとくって」

角谷がちらりと木ノ下のほうに目をやった。

「わかった」

木ノ下がこっちを向いたのでうなずくと、木ノ下も小さくうなずき返してきた。

「トラストにだって、本当は木ノ下はもったいないよ。報酬《ほうしゅう》もだけど、木ノ下だったらもっとでかい仕事できるもんなあ」

その通りだ。ため息まじりにポケットの中に手を突っ込むと固いものが触れた。嘉納のネームカードだ。

こっちも早急にどうにかしないと、ともう一つの憂鬱の種にまたため息をつく。

考えてみれば、「タスク」を起ち上げるきっかけになったアプリ開発をしたのも、クラブに足を踏み入れたのも、二十歳《はたち》のころだ。道隆と恋人になったのも。

あのころ決断したり行動を起こしたりしたことが、七年経《た》ってまた次の決断や行動を促《うなが》してくる――そんな気がした。

とにかく、早めにこれは返そう。

万が一にも紛失したりしないように、とポケットからフォーンと一緒に出そうとして、バイタルサインが点滅しているのに気がついた。

「あれ？」

昨日グリーンからイエローに変わったところで、発情期までまだ一週間あるはずなのに、もうレッドに変わりかけている。なんでこんなに早く？　と驚いて、次にどきりとした。

――発情《ラット》させられたのは初めてだと言ったのも、覚えてないのか？

オメガの発情《ヒート》も、定期的なそれとは別に、相性のいいアルファの匂いで誘発《ゆうはつ》される。

昨日、有は予防のためにいつもより早めに抑制剤《よくせいざい》を服用した。それなのにむしろ予定よりも早まっている。理由は考えるまでもなかった。

あの人の匂いのせいだ。

嘉納の匂いを生々しく思い出し、同時に初めての経験を思い出しそうになった。ゴージャスな「個室《ルーム》」のベッド、甘く濃い、フェロモンの香り。鼻腔《びこう》をくすぐり、吸い込むと頭の芯《しん》が痺《しび》れてしまいそうなアルファの匂い……。

ずっと忘れていたのに、と有は慌てて頭から追い出そうとした。それなのに、逆に嘉納の鋭《するど》いまなざしがふいに蘇って、有は意味もなく焦《あせ》った。ぼんやりしていて、フォーンがネームカードのチップに触れ、読み取りを開始しているのに気づかなかった。ぶるっと振動《しんどう》して、ディスプレイに「情報読み取り完了」の文字が浮かぶ。

しまった、と慌てたが、そのときにはもうフォーンに嘉納の情報が登録されてしまっていた。

双方向性《そうほうこう》読み取り機能がついているので、有が登録したことは嘉納のほうでも把握できる。

あとで説明して削除させてもらえばいいだけのことなのに、なぜか取り返しのつかないことをしてしまった気がして、有は一人で動揺した。


ピッと生体認証の音がして、玄関が開錠《かいじょう》した。

昨日よりも疲れた状態で帰って来たのに、今日は道隆《みちたか》の出迎えはない。部屋はしんと静まり返っていた。

有はのろのろ靴を脱ぎ、そのままリビングのソファに倒れ込んだ。

帰宅途中に受け取った道隆からの「残業で遅くなる」という連絡に、有は「了解」とだけ返した。道隆がこの時期に残業するということは、突発的なトラブルが起こったということだ。本当は昨日の道隆のように好物を用意して風呂の準備くらいしてやりたいところだが、いかんせんその余裕がない。

「はー……」

うつぶせから仰向《あおむ》けに姿勢をかえて、有は両手で顔をこすった。身体ではなく気持ちが疲れている。なにもする気になれなくて、ぼんやりと部屋を眺めた。

今日は道隆のほうがあとから出勤したのでテーブルにはグラスやカップが放置され、全体に雑然としている。観葉植物もなんとなく元気がなくて、たぶん出張の間頼んでいた世話を忘れている。植物を育てるのは有の趣味で、道隆は鉢《はち》が増えようが花が咲こうが気づきもしないのだからしかたがない。

一緒に暮らし始めて、最初の半年はお互い文句ばかり言っていた。次の半年は喧嘩ばかりしていて、でも別れたいと思ったことは一度もなかった。

歩み寄ることを覚え、諦めることに慣れ、いいところも悪いところも知り尽くして、今ではなんでも話せるし、自分のみっともないところも、だめなところも見せてしまえる唯一の相手だ。

「ほんと片づけないよねえ」

ソファの背に放り出されていた道隆の部屋着が目の端に入り、有はふふっと笑った。

袖《そで》を引っ張って引き寄せたマスタードイエローのスウェットは、愛用しすぎて襟《えり》も袖も伸び切っている。新しいものを買えばいいのに、いくら有が促《うなが》しても、これがいいんだと言い張って買い替えない。

くたくたの布地は柔らかく、うっすらと道隆の匂いがした。

「――」

疲れがそのまま別の感覚に変換していき、自然にベルトに手が伸びた。せめてスーツを脱がないと、と思いながらバックルを外し、ジッパーを下ろす。

特殊バース性の人間の例にもれず、有も嗅覚《きゅうかく》が鋭い。疲れと恋人の匂いに触発《しょくはつ》されてエロティックな情動が湧き、——その匂いが別の匂いの記憶を呼び覚ました。もうすっかり忘れていたはずのアルファとの行為。

あのときは「嘉納統也《かのうとうや》」という個人を認識していなかったし、どういうやりとりがあって個室に入ったのかも覚えていない。ただ、あの初体験は忘れようがなかった。

発情期だったこともあって、その快楽の凄《すさ》まじさは怖ろしいほどだった。また会おうと言われて応じなかった理由の一つは、あまりに快感が深くて怖かったというのもある。アルファとの行為は自分の意思などなくしてしまう。初めてだったのに、有は何度も何度も絶頂させられた。

「……」

恋人の匂いから発火したはずなのに、いつのまにか別の方向に誘引《ゆういん》されていることに気づき、有ははっと目を開いた。

そのとき、モバイルフォーンが着信音を鳴らした。

びっくりして反射的に起き上がり、有は急いでスーツのポケットからフォーンを出した。この時間に通話をかけてくるような相手は思い当たらず、なにかよくない緊急事態かと身構えた。

「——え?」

ある意味、緊急事態だ。

通話をかけてきた相手の名前が画面に表示されているのを見て、心臓がきゅっと縮みあがった。嘉納統也。

どうしよう、と焦《あせ》って、一度フォーンから目を離した。深呼吸して、落ち着け、と自分に言い聞かせる。

「――はい、八束です」

三度目の着信音に、有は覚悟を決めて応答した。嘉納のほうにはスクリーンマークがついていたが、有はおそるおそるホームスピーカーをオンにして繋《つな》いだ。

『スクリーンをつけてくれないか』

天井のスピーカーから深みのあるバリトンが降ってくる。声だけなのに、思わず正座しそうになる威圧感があって、有はソファに座り直した。

「す、すみません。今は自宅なので、ちょっと」

言い終わらないうちにぶん、と小さな振動があって目の前に透明のスクリーンが現れた。嘉納がすぐそこに座っている。背景は消しているので、本人がチェアに座っている姿だけが浮かんでいて、昼間会ったときと同じシャツスタイルのままだ。こっちはスクリーンをオンにしていないので向こうからは見えないはずだが、有は焦って乱れていた服を直した。

『今度はちゃんと読み込みをしてくれたようだな』

「は、はい」

手元が狂ってそうなってしまっただけだ、とは言えず、有は曖昧《あいまい》に返事をした。

『君を困らせるつもりはないから安心してくれ。ただ、こうして再会したのもなにかの縁だろうから、君の手助けをしてやろうと考えただけだ』

「はあ…、ありがとうございます」

一応口ではお礼をいいながら、有は疑い深く首をかしげていた。手助け？　なにかの縁？　本当だろうか。

嘉納は表情に乏《とぼ》しく、どうも本音が読めない。

もしなにかの意図があったとして、それが自分に対する執着だとは思えなかった。アルファが自分と相性のいいオメガを熱望しているというのは承知しているが、たとえ自分が彼を発情させたのだとしても、しょせん七年も前に一回寝たことがあるだけのオメガだ。伴侶《はんりょ》がほしいならバースセンターにマッチングを申し込めばいいことで、ベータと同棲《どうせい》している凡庸《ぼんよう》なオメガをわざわざ口説《くど》く必要などない。もっと言えば彼にはすでに伴侶がいるかもしれなかった。オメガと違ってアルファはパートナーの有無《うむ》で匂いが消えたりしない。

それとも単なる「お誘い」か。

いやいやそれこそまさかだ、と俗っぽい想像をしてしまった自分に苦笑した。プライドの高いアルファが一晩の相手をそんなふうに求めるとは思えないし、そもそもクラブに行けば済む話だ。あと考えられるとすれば七年前の意趣返《いしゅがえ》しだが、仮にもアルファがそんな小さなことをするとも思えない。

「本日は投資のご決済をありがとうございました。弊社《へいしゃ》提供のサービスが嘉納さまのご興味を引いたのであれば、たいへん光栄です」

結局意図が読めないまま、有はひとまず当たり障《さわ》りのない返事をした。

『サービスより、人材だな』

「人材?」

『君の会社の概要書《がいようしょ》を見たが、まさに少数精鋭だ。優秀なエンジニアを引き抜かれないように用心すべきだな。営業が弱いのも問題だ。中長期の展望も発展性に欠ける』

「……、承知しています」

当たり前のことを口にしているだけだろうが、的確に痛いところを連続で突かれるとうなだれるしかない。嘉納はゆったりした仕草で足を組み替えた。

『テック部門の投資は、新規サービスやイノベーションを期待してのことだから、正直、回収できるかどうかは重視していない。実際、新規性のあるシステムツールを開発して、マネタイズに失敗する例はいくらでもある。君だって承知しているだろう?』

「はい」

『だからこそ協力したいと思っている。俺が懇意《こんい》にしている会社で、紹介できるところがいくつかあるが、繋いでもいいか』

「え？　本当ですか？」

思いがけない提案に驚き、つい前のめりになった。

「も、もちろんお願いしたいです」

嘉納を全面的に信用していいものか、不安は残るが、このチャンスを逃すわけにはいかない。

「ありがとうございます。ぜひぜひご紹介ください」

『それなら早速スケジュールを調整しよう。明日にでもこちらから改めて連絡を入れさせるから…すまない、用事が入った』

どこからか呼び出しがきたらしく、嘉納が眉を上げた。

『中途半端で悪いが、君のほうの意向はわかったから明日必ず連絡を入れさせる』

「はい、お待ちしています」

『ではまた』

ぶん、と振動音がしてスクリーンが消えた。有ははあ、と脱力した。映像でも嘉納の圧はものすごい。全身に力が入っていたらしく、どっと疲れて、ソファに背をあずけた。

それにしても驚いた。

有は手元のフォーンを膝に置いた。嘉納の公式情報が画面に残っている。

金融系のアルファらしく、嘉納は二十代のうちに巨額の資産を築いていた。このタイプは人生の早いうちに稼《かせ》ぐことから社会貢献に軸足《じくあし》を移しがちだと聞く。それなら本当に縁を感じて手を差し伸べてくれたのかもしれない。自分に都合のいい解釈をしているだけかもしれないが、ひとまず話を聞くだけ聞いてみよう。彼になんらかの別の意図があったとしても、社会的に成功しているアルファの考えていることを市井《しせい》のオメガが読めるはずもない。こうなってしまったからには腹をくくるしかない。

自分の中で方針が決まると、急に気持ちが軽くなった。

よし、とソファから立ち上がろうとしたとき、玄関のほうから物音がした。道隆だ。

「お帰り」

玄関まで出迎えに行くと、道隆が珍しく疲れた様子で入ってきた。

「どうしたの？　大丈夫？」

「あんまり大丈夫じゃねえ。今度配属されてきた新人、いきなり大ポカやらかして、しかもそれ隠してたもんだからリカバリーがめちゃくちゃ大変になった。しばらく残業だ」

道隆は滅多《めった》にこんな愚痴《ぐち》を言わないので、かなり大変なトラブルを被《こうむ》ったようだ。

はー、とため息をついている道隆に、「今日は俺が聞き役だな」と有は道隆が脱ぎ捨てたスーツの上着を拾った。嘉納から希望の持てる話をもらったおかげで気持ちに余裕ができている。

「大変だったね」

「有は今日は顔色いいな」

道隆がワイシャツのボタンを外しながらふと有に目をやった。

「まあねー。いいよ好きなだけ愚痴って。俺まだなにも食ってないけど、道隆は？」

「夕方、出先で軽く食っただけ」

「じゃあなんか作るよ」

本当はそこまでの余力はなかったが、冷蔵庫をのぞいた。

「デリバリーにしよう」

後ろに立っていた道隆が、冷蔵庫のポケットから抑制剤のアンプルを取りだして、有に差し出した。

「有も疲れてるだろ」

「うん」

発情期近いのに無理すんな、とアンプルを渡され、有は素直に受け取った。

「じゃあ新しくできたデリキッチン、デリバリーやってるから頼んでみようか」

「いいな、そうしよう」

話しながらアンプルのキャップをねじ切り、有はさりげなくもう一本追加で冷蔵庫から取り出した。

「二本も飲むのか？」

上着をハンガーにかけていた道隆が目ざとく見咎めた。

「うん。ちょっとサイクル乱れてるっぽいから、念のために」

一瞬迷ったが、有は嘉納のことはひとまず伏せた。疲れている道隆にこみいった話を聞かせるのは可哀そうだ。

「そういえば銀行の担当者と話できたか？」

「ああ、うん。そっちは保留になってるけど、今日、前にレター送ってた投資会社から連絡あって、うまくいった」

「よかったな。投資会社から資金引っ張れるのが一番だ」

「うん、ラッキーだった」

「そういえば、有、さっき誰かと通話してなかったか？」

道隆がワイシャツのボタンを外しながらなにげなく訊いた。

「さっき？」

「俺が帰ってきたとき。玄関入ったら声聞こえたから誰か来てるのかと思った」

「あー…うん」

その時点では、日を改めて、道隆に余裕があるときに打ち明けるつもりだった。

「仕事先の人と、ちょっとだけ打ち合わせしてた」

「そうか」

道隆に隠し事をするのに慣れていなくて、有はアンプルを飲んで後ろめたい気持ちをやりすごした。

ベータにとって、アルファとオメガの関係性は理解しがたいもののはずだ。匂い、というベータには感知できないもので繋がり、男女の性別以外のもので結びつく。

でも自分が愛しているのは道隆だけだ。

「有、なんにする?」

「道隆と同じのでいいや」

「それじゃこのデリセットにするか」

デリバリーアプリを操作している道隆の肩にもたれると、ちょいちょいと指先で頭を撫でられた。道隆に撫でられると飼い猫にでもなった気がする。

「十五分で来るって」

「ん。じゃあ今日は道隆先に風呂入れば?」

「有が先に入れよ」

「じゃんけん」

「ほい」

道隆が勝った。

ささいなことはいつもじゃんけんで決める。シャワーを使う順番、唐揚《からあ》げの最後の一個、切らした牛乳をどっちが買いに行くか。

それじゃお先、と道隆が浴室に向かった。ふあ、とあくびをしている後ろ姿はシャツの裾《すそ》がスラックスから半分だけはみ出している。有はふふっと笑った。スーツも髪も、出勤していくときには全てがきっちりと整っていたのに、家に帰って完全に気が弛《ゆる》んでいる様子なのが愛《いと》おしい。

日常はささいなことの積み重ねだ。それが人生になっていく。

これからもずっと、自分の居場所は道隆の隣だ。

4

踏みしめたカーペットが、足の裏を押し返してくる。

この厚みと弾力《だんりょく》は特殊センサーが床全体に敷き込まれてるからなのだと聞いた。特殊センサーが何なのかは知らない。知らないほうがよさそうな気もする。

「疲れたか?」

下降《かこう》していくエレベーターの中で、隣の嘉納《かのう》に尋ねられた。有《ゆう》はいえ、と首を振った。

「ただ、緊張しました…!」

国家機密も扱うような企業のオフィスに、自分が足を踏み入れる日がくるとは思わなかった。

正直に答えると、嘉納がふっと笑う気配がした。

「それでぐったりするのなら君はもう少し体力をつけたほうがいいな」

「ジムに通おうかと思います」

「パーソナルトレーナーをつけるといい」

嘉納がシャツの襟《えり》についているピンタイプのスピーカーに手をやった。それがＡＩ秘書との連絡ツールだということを、もう有は知っている。

「評判のいいトレーナーをピックアップして送るように指示しておこう」

「ありがとうございます。でも、お気持ちだけで」

有は焦《あせ》って止めた。

「そうか？」

「はい」

嘉納が小さく肩をすくめた。これは「しかたないな」というときの彼の癖だ。

嘉納統也《とうや》と思いがけない形で再会して、三ヵ月ほどが過ぎた。その間に有力な売り込み先を何件も紹介してもらった。どこも嘉納の名前がなくては接触することなど不可能な企業や団体だ。

タスクの開発したエンジニア向け情報共有システムは、どこでも高く評価してもらえた。が、導入するには現在のシステムから乗り換える必要がある、というところで話が終わる。

最初は落胆していたが、「代わりに受託《じゅたく》開発の案件を受けてもらえないか」という流れになり、嘉納が「繋ぐ」と言ってくれた意味がわかるようになった。

「うちの技術そのものは買ってもらえるんですね」

今日も同じ結果だった。半分独り言で呟くと、嘉納がうなずいた。今までも受託で資金を繋いできたが、嘉納が紹介してくれる案件は報酬《ほうしゅう》が破格なので、しっかり稼《かせ》ぐことができる。

「腹が空《す》いたな。何か食って帰ろう」

嘉納が当然のように提案した。

先方に話を通しておいてくれればそれで充分なはずなのに、時間が許す限り同席してくれる嘉納とは、会う回数を重ねてちょっとした彼の癖を把握するくらいに距離が縮まっていた。

最初のうちこそ「なにか他の意図があるのでは？」と警戒していたが、今では彼の言うとおり「これも何かの縁だ」と思っての厚意《こうい》だと受け止めている。

もともと金融系のアルファが財を成したあと社会貢献に尽力《じんりょく》することはよく知られている。嘉納は教育や研究分野への支援に力を入れており、有は知らなかったが、彼の名前のつく財団がいくつもあった。それなら自分たちのような未熟者集団に手を差し伸べてくれるのも納得がいく。

「なにが食いたい？　君の好きなところに行こう」

こうして会うたびに必ず食事をしたり軽く飲んだりするのも流れとしては自然で、いつの間にか有にとっての嘉納は「目をかけてくれる支援者」の位置づけになっていた。

狭いエレベーターに二人きりになると匂いがこもるが、これも回数を重ねるごとに馴染《なじ》んできた。同じように彼の強烈なアルファオーラにも慣れて、このところは食事も普通に楽しめるようになっていた。物言いや態度は尊大だが、慣れてしまえば嘉納の率直さは気持ちがよかった。

「君はいつもそのスーツだな」

地下駐車場のエレベーターホールを出て、車を呼び出しながら嘉納がなにげなく有を眺めた。

「そうですね」

有にとってスーツは単なる仕事着だ。確かに同じ型のものを二着しか持っていないが、どこでも失礼のないようにきちんとしたものを選んでいるつもりだ。

「このあと時間があるならテーラーに寄ろう」

嘉納の車が駐車場の自動運転システムで滑《すべ》り込んできた。いかにもな高級車ではなく、機能重視のコンパクトカーだ。ただしシートは身体を包み込むような柔らかな革張りで、車にまったく興味のない有にも走りが違うのもわかる。この車に乗せてもらうのは二度目だ。

「テーラー?」

「一着くらいビスポークを作った方がいい」

オーダースーツを作れということらしい。

「僕にはこのスーツで充分です」

助手席に乗り込みながら、有は苦笑した。

「スーツをオーダーするなんて、分不相応《ぶんふそうおう》ですよ」

「俺が着てほしいんだ。いいスーツを着た君を見てみたい」

意味がわからず戸惑ったが、嘉納は相変わらず表情が読めない。淡々とした横顔のまま車を地下駐車場から出した。外はもうすっかり陽が落ち、車はヘッドライトをつけている。

「支払いはもちろん俺がする」

「いいえ！　そんなこと困ります。それに、オーダーはいろいろ手間がかかるじゃないですか」

最近は採寸は自宅で遠隔《えんかく》センサー、それをアパレルショップのサイトに送るというやり方が増えてきた。服が好きだったりファッションに敏感なタイプはもちろん店舗であれこれ選んで楽しむのだろうが、有も道隆も機能優先、着心地重視のタイプなので衣類はほぼネットで済ませてしまう。

「僕は服をわざわざ買いに行くって習慣すらないんですよ。オーダーなんて面倒すぎます」

最初の信号で引っ掛かり、嘉納がちらりと有のほうを見た。

「俺は君のために便宜《べんぎ》を図《はか》ってる。君だって少しくらい俺の頼みをきいてくれてもいいんじゃないか」

それを言われると痛い。

「食事の前に、三十分だけだ」

有無《うむ》を言わせないアルファの圧にも負けた。

嘉納に連れて行かれたのはクラシカルな紳士服専門店だった。ハイブランドの並ぶ通りから一つ奥まった場所にあり、嘉納は狭いパーキングに車を停めた。

「いらっしゃいませ」

嘉納のあとについて店内に入ると、にこやかな声に迎えられた。落ち着いた照明が棚にぎっしり並んだ布地を柔らかく照らしている。

「お久しぶりですね、嘉納さま」

店の奥から出てきたのは四十代くらいの男だった。細いフレームの眼鏡をかけ、肩ほどの長さの髪を後ろでひとつにまとめている。シックなシャツガーターがいかにも腕のいい職人風だ。

「今日は俺じゃなく、彼に一着選びたくて来た」

「さようでございますか」

男は慣れた様子で有の肩のあたりから足元までをさっと眺めた。

「あまりスーツにはご興味がない？」

有の着ているものでそう判断したのだろう。口ぶりに厭味《いやみ》なものはないが、恥ずかしくなった。

「すみません」

「いえいえ。最近はビジネスシーンでもカジュアルなお召しもので問題なくなっておりますし、わたくしどもの作るスーツはとっくに趣味の範疇《はんちゅう》です。それでもやはりよいスーツはよい出会いに繋がりますよ。ビジネスにもきっといい影響を与えます」

陳腐《ちんぷ》な言葉だが、妙に納得してしまったのは、隣にいる嘉納のせいかもしれない。着こなしこそラフだが、彼の身に着けているものはファッションにまったく興味のない有でも素敵だな、と思えるものばかりだ。眼光の鋭《するど》い野性的な顔と充実した体躯《たいく》に、最初はただ圧倒されるばかりだったが、このごろは彼の動きのエレガントさや、ほんの時折見せる笑みにふと目を惹《ひ》かれる。

「お客様でしたら、ひとつボタンのUベスト付きスリーピースなどいかがでしょう。アームホールは小さめで、生地も軽いものにしましょう」

壁面棚の扉を開けると、さまざまな生地が絵画を飾るように並んでいた。

「インポートもビンテージもお好み次第ですが、わたくしの見立てでしたらこのあたりをお勧めいたします」

「どうだ?」

訊かれても、目の前に並べられた生地はどれも同じように見える。

「これが似合いそうだな」

嘉納が淡いグレーの生地を手にして有のすぐ後ろに立った。布地を有の胸に当て、前の姿見に目をやっている。まるで後ろから抱きかかえられるような体勢になり、嘉納からふわっと彼の匂いがした。あ、と思う間もなくどくん、と大きく身体の中が脈打った。

嘉納に会う日は、発情期のサイクルに関係なく抑制剤《よくせいざい》を服用することにしていた。今朝ももちろんアンプルを飲んできた。

その際、有は空《から》になった容器を道隆《みちたか》の目に触れないよう慎重にごみ箱に捨てた。

嘉納のことを、有はいまだに道隆に話せていなかった。

最初はこんなふうに秘密にするつもりはなかった。ただ、道隆がちょうど仕事のトラブルを抱えていた時期と重なったので、もう少し落ち着いてからにしようと気を遣っただけだ。でもそれが結果として裏目に出た。

道隆に話していないことがどこかで油断を生み、いつの間にか仕事だけのつき合いだと言い切れなくなってしまっている。そこは自分の落ち度だし、そうなるとさらに切り出しにくくなって、いつの間にか有は大きな秘密を抱えることになってしまっていた。

なによりこんなふうに身体が変に反応するようになっては、ぜったい道隆には打ち明けられない。

「どうした？」

嘉納の匂いに慣れたぶん、抑制剤で抑《おさ》えても身体がそれを求めているのを感じる。

「いえ。なんでもないです」

急に黙り込んだ有に、嘉納が背後から顔を覗き込むようにした。吐息が耳にかかって、息を

呑んだ。

「あの、僕はスーツのことはまったくわからないので、ぜんぶお任せします」

声が上ずりそうになったが、なんとか平静を装《よそお》った。有の反応に気づいているのかいないのか、嘉納はあっさり有から離れ、手にしていた布地をテーラーに渡した。

「これに合うシャツも一緒に頼む」

「スタイルはいかがしましょう」

「それも任せる」

「かしこまりました。では採寸いたしますのでこちらにどうぞ」

全体にクラシカルな店だが、さすがに採寸はデジタルツールを使っていて一瞬で終わった。が、そのあとテーラーの細かい調整が入り、さらに裏地やボタンを選んだりネームの書体や大きさを決めたりで、結局店を出たのは一時間も経《た》ってからだった。

「まだ時間は大丈夫か？」

車に乗り込み、嘉納が計器《けいき》の端に表示された時間に目をやった。七時を過ぎたところで、まだ道隆は帰っていないはずだ。手を焼いていた新人は落ち着いたようだが、繁忙期《はんぼうき》に入ってこのところ社内でデリバリーを食べて帰ってくる。

「今日はどうせ食べて帰るつもりでしたので、嘉納さんさえ良ければご一緒させてください」

「もちろんいいに決まっている」

さっきは大丈夫だったのに、車に乗り込むと嘉納の濃いフェロモンに噎《む》せそうになった。吸い込んでしまう前に、有は「窓、開けてもらっていいですか」と頼んだ。

「ああ」

嘉納がわずかに眉をあげた。

「君の匂いもする」

今心臓が音を立てたのが彼に聞こえなかったかと、有は一瞬馬鹿なことを考えてしまった。

自分と嘉納がかなり相性のいい——ロマンス映画や小説で題材にされるときの表現でいえば「運命の番《つがい》」——なのだとしても、自分には道隆がいる。

そう言い聞かせなくてはならないこと自体がおかしい、と有は自分でわかっていた。

「不便なものだな」

嘉納がぼそりと呟き、ウィンドウを下げてくれた。

「——君は俺を発情《ラット》させた」

車を出し、少ししてから嘉納がふと口を開いた。どきりとした。

「俺はどうやら発情しにくい体質らしくて、君のあとにもマッチングで紹介されたオメガとずいぶん関係を持ったが、君のようにはいかなかった。そのくせオメガを発情させる力は強いらしくて、双方をトータルすると基準に達してマッチングの申し込みはいくらでもくるんだ。別に発情にこだわっているわけじゃないが、君を知ってるだけに踏ん切りがつかなくて、ここ数年はマッチングの申し込みを取り消してそのままだ」

相変わらず嘉納は声がいい。豊かな低音が甘く響いて、有はあまりよく内容を聞いていなかった。

「どこかであのときのオメガはどうしているのかといつも考えていたな。――まさかベータのパートナーがいるとは想像もしなかった」

苦笑する調子で言って、嘉納は有のほうを横目で見た。それがへんに色っぽく見えてしまい、有は慌てて窓の外に視線を逃がした。

「食事は、この前の店でいいか？」

「あ、はい。僕はどこでも」

何軒か連れて行ってもらったが、彼の気に入りの店はどこも小ぢんまりとしていて肩が凝《こ》らない。それでいて出される料理や酒はしっかり旨《うま》く、盛りつけも器も料理人の矜持《きょうじ》を感じさせた。

食事をする店だけでなく、乗っている車、贔屓《ひいき》のテーラー、彼の好みはみんな同じだ。

嘉納のことが、だんだんわかってきた。派手なものは好まず、しっかり本分をまっとうしているものを選ぶ。

アルファに対して、有は支配欲と自己顕示欲《けんじよく》の強い、派手好きなイメージを持っていた。でも当然のことながら一人一人は別人格だ。オメガに対する「アンニュイな美貌でひとを惑わせる、気紛《きまぐ》れでわがままな性」というイメージに辟易《へきえき》としていたのに、自分も固定観念があった。

嘉納は堅実《けんじつ》で、フェアな人だ。

繁華街から少し離れたところにある一軒家のフレンチレストランは、週末の夜で賑《にぎ》わっていた。

「いらっしゃいませ」

得意客のために用意されている奥まった個室に案内し、ほっそりと美しいギャルソンが微笑《ほほえ》んだ。

「予約を入れ損《そこ》なって悪かった。無理をさせたんじゃないか」

「嘉納さまの無理でしたら、喜んで」

洒脱《しゃだつ》な物言いに、随分親しいんだな、と思ってふっと嫌な気持ちになった。驚いた。

どうして嘉納と親しげなギャルソンに嫌な気分にならないといけないのか、その原因は今は考えないことにした。

「今日は時間がないから、アラカルトで早く出せるものを見繕《みつくろ》ってくれ」

嘉納が布張りのメニューをそのまま彼に返した。

「承知しました」

時間がない、を明らかに違う意味にとって、ギャルソンが冷やかすような笑みを浮かべた。

有を愛人だと誤解して、早くベッドに行きたがっていると解釈している。そんなことを暗黙の了解で匂わせるギャルソンと嘉納はどういう関係なんだろう、と有は無意識に観察していた。

「では、できるだけ早くご用意しましょう」

「ああ、頼む」

嘉納はいつもと変わらない態度で、たぶんギャルソンの親しみをこめたからかいをわかっていない。これも最近気づいたが、嘉納はけっこう鈍《にぶ》い。冗談はあまり通じないし、察する、ということも不得手のようだ。アルファの特性もあるのだろうが、嘉納のそういうところを有は面白いな、と思っていた。

最初はただ威圧感に縮こまっていたが、慣れてしまった今は案外のびのびと振る舞える。

「家まで送ろう」

「すみません」

食事を終えると、嘉納は自分の車は店に任せてタクシーを呼んだ。

以前なら固辞《こじ》していたはずなのに、有はごく自然に申し出を受け入れた。食事をしている間に順応《じゅんのう》してしまったらしく、今は彼の匂いにも馴染んでいる。

「七年前に戻れたら」

並んで車の後部座席におさまって、黙っていても特に気づまりもない。窓の外を流れていく夜の明かりを眺めていると、ふと嘉納が口を開いた。

「どうでもいい会議に出席するより、そのオメガの名前をちゃんと訊いて求婚しろと自分に言いたい」

びっくりして嘉納のほうを見ると、ふっと笑った。

「他にもいろいろあれはしくじったなと思うことはあるが、今のところ君をしっかり保護しなかったことが一番の失敗だ」

保護、というのは特殊バース性間での俗語だ。気に入ったオメガを自分の伴侶《はんりょ》にするとき、「保護する」という言い方をする。かつてオメガが公然と差別対象にされていた時代の名残だ。

以前なら時代錯誤《さくご》な言いかたに鼻白《はなじろ》んだだけのはずだが、有は別のところで動揺して口ごもった。――そのオメガの名前をちゃんと訊いて求婚しろと自分に言いたい。

なにを言っても的外れになりそうで、有はひたすら黙っていた。

「この先、まっすぐでいいんでしょうか？」

ナビが終了して、運転手が訊いた。

「あ、はい。そこのロータリー、送迎車スペースがあるので停めてください」

最寄り駅が見えてきて、有はシートベルトのバックルを外した。

「家まで送ると言ったが」

嘉納が不服そうに眉を上げた。

「別に嘉納さんを警戒してるとかじゃないです。うちのマンションの周辺、一通《いっつう》ばっかりで道も狭いんです。駅から近いですし、そこで大丈夫です」

道が狭いのも、一方通行が多いのも嘘ではないが、駅で降りようとしたのは一刻も早く嘉納から離れたかったからだ。警戒してるわけじゃない、と言ったのは嘘だ。警戒している。ただし、嘉納にではなく、自分自身にだ。

「ありがとうございました。お帰り、気をつけてください」

送迎スペースで車を降り、見送ってから有は大きく深呼吸をした。ロータリーを回ってテールランプが見えなくなる。

「有」

「えっ？」

少しの間、ぼんやりしていた。

帰らないと、と歩き出そうとしたとき、聞き慣れた声に呼び止められた。最寄り駅に道隆がいてなんの不思議もない。それなのにぎょっとしてしまった。

「なんでそんな驚くんだ」

道隆が近づいてくる。

「え、いや別に。取引先の人、家の方向が同じで送ってもらったんだ」

なにも訊かれていないのに、有は早口で説明した。

「行こう」

意味もなく焦って、有は急いで歩き出した。

「どうかしたのか？」

有に追いつきながら、道隆が不思議そうに顔をのぞきこんでくる。

「どうもしてないよ。腹減ってるだけ」

「なんだ、食ってないのか」

自分は今、嘘をついた。反射的に口にした嘘に、有は衝撃を受けた。

「なんか買って帰るか？」

「いや、今からじゃ遅いし家にあるもの軽く食うよ」

「そうか？」

「うん。ごめん」

「は？　なに謝ってんだ」

「な、なんとなく」

笑ってごまかしながら、有は嫌な動悸《どうき》に耐えていた。

昔一度だけ寝たことのあるアルファ。

嘉納はそれだけの存在だった。

ただしそれは有にとっての初体験で、嘉納は抑制剤なしで発情を鎮《しず》めてくれた唯一の男でもあった。そんな男と再会したと知ったら道隆は嫌な気分になるだろう。だから話すタイミングを見計《みはか》らおうと思っていた。道隆の余裕があるときにちゃんと説明して、相談に乗ってもらおうとすら考えていた。——最初のうちは、確かにそうだった。

それなら今は？

手を焼いていた新人は落ち着いたようだが、今は繁忙期で忙しい、だからまだ話す時期じゃない。ただそれだけのことだ。

「俺、明日は支社の会議に出るからちょっとゆっくりだ。なんか作ってやろうか」

「いいよ、だいじょうぶ。今から食べたら胃もたれしそうだし、それより早く寝たい」

道隆に嘘をついていることが信じられない。

でも今、自分は確かに嘘をついた。

5

道隆《みちたか》と初めて言葉を交わしたのは、大学クラブ棟《とう》の中庭だった。

大学公認の文化研究会ばかり入っているL字型の二階建てクラブ棟は、第二体育館の裏手にある。

同じ文化系でも演劇部や広告研究会などは外部活動に忙しく、クラブ棟に棲《す》みついているのは地味でマニアックな情報系や文芸系ばかりだ。

有《ゆう》は入学してすぐ「ゲームを一緒に作りませんか」と勧誘されて、情報技術部・TASKに入った。

ゲームにもプログラミングにもさして興味がなかったのに入部することになったのは、完全に成り行きだ。

「先輩に一人は絶対連れてこいって言われてるんだよ。入部しなくてもいいから、部室にちょっと遊びにきてみない？」とおずおず誘われ、賑々《にぎにぎ》しい新入生争奪戦《そうだつせん》に辟易《へきえき》としていたこともあって、その遠慮がちな先輩に好感を感じてついて行った。

行った先ではお茶とお菓子で熱烈歓待《かんたい》され、「大学の公認をとるのに部員の頭数がいるんだよ。プログラミングに興味なくてもみんなとゲームしたりお菓子たべたりしてたらいいだけだよ、中庭のハンモックでお昼寝してみない？　気持ちいいよ」と拝《おが》み倒されて「まあいいか」と入部した。

そのころ有はあまり元気がなかった。

進学で一人暮らしを始め、環境が変化したこともあるし、一年前に遅い発情期を経験してからずっと心も身体も不安定だった。

自分がオメガだと知ったのは十歳のときで、両親にバースセンターに連れられて行き、セミナーを受けた。そのときはまだ「男性オメガ」という存在がどういうものなのかピンとこなかったので、「人には言わない」「体調変化に気をつける」という指導を素直に受け取っただけで、特に悩んだりはしなかった。むしろ特殊バース性の中でもさらに稀少種《きしょうしゅ》、などと言われて「なんかかっこいいかも」くらいに思っていた。が、実際に発情を経験すると、自分の身体が意思とは関係なく子種を欲しがっていると思い知らされ、心がついていかなくなった。

自分が同性にしか興味がもてない性質だということは早いうちにわかっていた。そもそも女性アルファと男性オメガはほぼ例外なく同性愛者だ。でも同性に恋をするのと、身体だけが暴走するのとはぜんぜん違う。

いつかアルファの伴侶《はんりょ》になって、その男の子どもを産む——親やバースセンターの担当者が当たり前のように考えている自分の将来にも、今は違和感しかなかった。

そんなふうに鬱々《うつうつ》としていた有に、おっとり穏やかな部の空気は心地よかった。

基本的に自分の好きなことに一人で没頭《ぼっとう》するタイプばかりなので、ほどよく放っておかれるし、有が完全なる初心者だと知ると逆に珍しがってあれこれ教えてくれる。その距離感がちょうどよかった。

同じ一年の角谷《かどや》や木ノ下《きのした》ともウマが合い、有の大学生活は部活動から順調に滑《すべ》り出した。

学部のほうでも友達ができ、一人暮らしにも慣れてきた六月、有は順番が回ってきたクラブ棟の倉庫当番に駆り出された。

「すみません、通ります」

学祭や他大学との交流行事で使う物品を保管している倉庫は、体育館の敷地内にある。倉庫を開けて中の機材を運び出していると、体育館から出てきた長身の集団とかちあった。

「なにしてるの？」

「倉庫の備品整理です」

角谷と二人一組で重いスピーカーを運んでいるのをすれ違った一人が物珍しげに眺めて声をかけてきた。

「大丈夫か？」

体力のないプログラミングおたくたちがへっぴり腰で機材を運んでいるのは見ていてハラハラするらしく、休育館から出てきた運動部員がつぎつぎと足を止めた。

「それ、全部出すのか？」

「いえ、手前にあるのだけです。数を確認しなくちゃいけないので」

数年前にマイクやスピーカーを勝手に売り払った学生がいたとかで、掃除もかねて管理確認することになった。人見知りの部員を代表して説明し、ついでに「出すの手伝ってくれませんか？」と図々《ずうずう》しく頼んでみた。有の「言ってみるだけはタダ」精神に角谷は「おいおい」と慌てていたが、長身の部員たちは案外すんなり手を貸してくれた。

彼らは大学男子バレーボール部員で、その中に道隆もいた。

「ねえ、もしかして総合政策学科の人？」

経済学部でひとり群を抜いた長身だったので、あまり他人のことに気の回らない有も覚えていた学生だ。有が話しかけてみると、道隆は面倒くさそうに「ああ」と返事をして、じろっと有を眺めた。態度はそっけないが、くっきりした二重《ふたえ》の瞳と厚めの唇で、有の好きなタイプの顔だ。

「やっぱりそうか。俺は国際経済の八束。手伝ってくれてありがとう」

道隆は特に返事をせず、顎《あご》を引いてそのまま行ってしまった。

愛想《あいそ》なさすぎ、と思ったが、嫌な気持ちにはならなかった。道隆が運んでくれた機材はどれも運びづらいものばかりだったのに、丁寧に扱ってくれていたからだ。

いい人だ。たぶん。

それが道隆と話すようになったきっかけだった。

学生数の多い大学なので、学部が同じでも学科が違うとあまり接点がない。それでも一般教養のときなどで彼を見つけると、有はいそいそ声をかけた。その時点ではベータとどうこうなるという発想自体がなく、ただ「顔がタイプで無愛想さが面白い人」と思って近づいただけだった。最初のうち、道隆はあからさまに迷惑そうな顔をしていたが、有は気にせず「おはよー」「隣に座っていい？」と交流を図《はか》った。

内気で大人しい情報技術部の面々には「八束の辞書には『気後《きおく》れ』と『人見知り』の文字がない」と恐れられていたが、実際のところ有は道隆のそっけなさが逆に興味深く、面白かった。

それに、道隆は最初に有が睨《にら》んだ通り人がいいとわかってきた。

例によって倉庫の整理をするのに手伝いを頼むと迷惑そうな顔をしつつも手伝ってくれるし、

他大学部との合同イベントでマシンを運ぶときも手を貸してくれた。

その頃には有が周りをちょろちょろすることにも慣れて、うるさがりながらも話しかければそれなりに雑談してくれるようになった。

「保住《ほずみ》ー、おはよう」

その日は部室に忘れ物を取りに行ったら道隆が体育館の鍵開け当番で早く来ていて、クラブ棟の中庭で偶然鉢合《はちあ》わせをした。

「ねえ、時間までレシーブ教えてよ」

初夏の気持ちのいい時間で、体育館の扉をぜんぶ開けるのを手伝って、有はボールをひとつ手にとって道隆に投げた。道隆がきれいなフォームで返してくる。

「あれっ」

レシーブしようとして明後日《あさって》の方向に飛ばしてしまった。

「へたくそ」

道隆が腕を伸ばして軽々と返球《へんきゅう》する。

「あたりまえじゃん」

「もっと腰落とせ」

「こう?」

有がやみくもにボールを当てて変な方向に飛ばしてしまっても、道隆はちゃんと拾って返してくれる。

「先生、もう一本お願いしますっ」

「正面で取れ、正面で」

有がふざけると、わざとらしい体育教師の声音で指導してくる。いつもそっけなくあしらわれてばかりいるので、冗談に乗ってくれたのがなんだか楽しくて、二人でしばらくコーチごっこをして遊んだ。

「八束《やつか》、体力あるな」

お世辞《せじ》にも運動神経がいいとは言えないが、何度ボールを拾いに走っても元気な有に、道隆が意外そうに言った。

「これでもジョギング日課にしてるからね」

「そうなのか」

「筋トレもちょこっとしてる」

色白で華奢《きゃしゃ》ないかにもオメガな外見が気に入らないので、ささやかな抵抗を試《こころ》みていた。道隆のような男らしい体格になりたかったが、そう言ったら「俺もあと十センチ欲しかった」と返された。百八十八センチはバレーボール選手としては物足りないらしい。

「じゃあそろそろ行くね。面白かった、ありがとう」

体育館の入り口のほうから話し声が聞こえ、有はボールを片づけた。

「そういえば、来週練習試合があるぞ」

道隆が思い出したように言った。

「どこで？」

「ウチの専用体育館」

角谷と木ノ下がスポーツベースのゲームを構想していて、参考に試合を見たがっている、と話していたのを覚えてくれていたらしい。

「保住出る？」

「たぶんな」

「じゃあ見に行こう」

道隆のほうから試合情報を教えてくれたことも嬉しくて、有は木ノ下と角谷を誘って試合観戦することにした。

道隆は高校時代は何度も優秀選手に選ばれていたが、三年のインターハイ時に怪我をして、この大学には普通に受験で入学していた。ただし痛めた膝は順調に回復していて、有が角谷や木ノ下と見に行った練習試合ではしっかりベンチメンバーに入っていた。

初めて見る本物の試合は練習試合といえど大迫力で、三人とも圧倒され、途中からは夢中になって声援を送った。

「あの人、一年だって？」

道隆はスタメンに入った唯一の一年で、豪快なスパイクを気持ちよく決める。

「うん、経済学部の保住。学科は違うけどわりと話すよ」

顔見知りレベルではあるが、有はさりげなく自慢をした。

「うちのバレー部、けっこう強豪《きょうごう》みたいなのに、一年で試合出てるってことは将来実業団かなあ」

「その前に日本代表とかってテレビで見るかもしれませんぞ」

「すげーなあ。保住道隆かぁ。名前覚えとこ」

二人が口々に道隆を褒《ほ》めるのが自分のことのように誇《ほこ》らしく、有はわくわくしながら試合を見守った。

すっかりファン気分になって、そのあとも機会を見つけては体育館を覗きに行くようになり、最終的には練習試合の予定を教えてもらうためにフォーンのコール交換までしてもらった。

愛想が悪いとはいえ、道隆が女子にもてないはずはなく、彼女いるんだろうなと当たりまえに思っていたが、意外なことにフリーで、さらに「部活ばっかりやってる男がもてるわけねえだろ」と特に残念そうでもなく肩をすくめていた。

保住っていいなあ、とだんだん憧《あこが》れるようになり、朝のジョギングにも筋トレにも力が入るようになった。情報技術部内での評価ではあるものの「最近八束は身体つきがアスリートぽくなったなあ」などと言われるとテンションがあがる。

特殊バース性の交流場に行ってみようか、と考えたのは二年になった夏の終わりだった。

道隆はスタメンに定着して、合宿だ選抜だで忙しそうにしていた。それに感化されて有も前向きになり、自分が男性オメガだということを少しずつでも受け入れたい、と思うようになっていた。

いつかはアルファと伴侶になって、その男の子どもを産むのかもしれないが、それも含めて自分の人生は自分のものだ。いろんなことを、きちんと自分の意思で選択できるようになりたい。そのためにも自分の体質を把握して、コントロールできるようになりたかった。もう二十《はた》歳《ち》、大人だ。

勇気を出してバースセンターに申請してＩＤを発行してもらい、どきどきしながらクラブに向かった。そのころには発情期のサイクルも安定してきたので、ちゃんと計算してタイミングを合わせることができた。

発情期にアルファと寝ることが目的だったから、それを経験できたのは成功だった。

ただ、麻薬のような凄《すさ》まじい快楽に圧倒され、子種を欲しがる自分の身体に改めて裏切られたようで、有はなかなかその経験を消化できなかった。

「久しぶりだな、八束」

ぼんやりとした数日を過ごし、有はぶらりと夏休み中の大学に出かけた。そして思いがけなくクラブ棟の中庭で道隆に出くわした。

道隆は大学名とバレー部のマークが入ったTシャツとハーフパンツで、中庭の花壇に一人で座っていた。

「一人でどうしたの？」

「別に、どうもしない。休憩だ」

体育館で活動している部員が中庭で休憩するのはいつものことだが、通常なら部活仲間も一緒だ。

「八束は？　文化系は夏休みなんじゃないのか？」

「そうなんだけど、友達が部室のマシンで面白いプログラム作ってるらしいから見に来た」

木ノ下や角谷から「今度の一年女子、小宮《こみや》って子、すげーの作るぞ」と何度かメッセージが来ていて、一緒にアプリ開発をしているようだった。おまえも来いよ、と再三《さいさん》誘われていて、あまり気乗りはしなかったが、他にすることもなかったので様子を見に来た。

「プログラムか。面白いんだろうな」

「うまく動かせたらね」

午後の遅い時間で、花壇の後ろの欅《けやき》の大木が中庭に濃い影を落としていた。なんとなく道隆の元気がない気がして、有は彼の横に腰かけた。

「何してるの？　それ」

「爪整えてる」

道隆はちまちまと指をやすりで擦《こす》っていた。

「ボールで爪割れたりしないように、こうやって整える」

「へえ」

身体に見合った大きな手は骨ばっていて男らしい。それなのに丁寧に爪を整えているのがアンバランスで、有はへんに意識してしまった。

「八束もキーボード打つのに、爪が邪魔になったりしないのか?」

「伸びたら邪魔だけど、普通に爪切りで切るよ」

じっと見ていると、やってみるか? というようにやすりを渡された。粒子《りゅうし》の細かい表面に爪を当てて擦ると、予想以上に爪の先がしゅっと削《けず》れる。端を整えるのも難しい。試行錯誤《しこうさくご》していると、道隆が無言で手を差し出した。

「え?」

「してやる」

「えっ、あっ、ありがとう」

このごろはだいぶ親しくなったとはいえ、道隆のほうからそんなことを言ってくるとは思わなかったのでびっくりした。

急いで手を差し出すと、道隆が尻をずらしてすぐ横に来た。どきどきして、顔が赤くなるのがわかった。道隆は有の手を取って、慎重にやすりを当てた。

「八束の爪、小さいな」

「そ、そう？」

「こんな小さくて役に立つのか」

「は？　意味わからん」

「丸くて、…なんか可愛いな」

自分の爪の形など、意識したこともなかった。なんか可愛いな、と道隆らしくもない言い草にそわそわしてしまう。

しゅっ、しゅっと小刻《こきざ》みにやすりを使って道隆が器用に爪を整えていく。触れられているところから熱が伝わってくるようで、有は顔が熱くて道隆のほうを見られなかった。風が出て、ざわざわと欅が音を立て、体育館から聞こえてくるボールの音と入り混じった。練習が始まっているみたいなのに行かなくていいのかな、と有はちらっと道隆のほうを窺った。

「終わり」

道隆がそっと有の手を離した。

「わあ…ありがとう」

やすりで整えたのは初めてで、丸く均等に磨《みが》かれた爪の先に、有は手をかざしてまじまじと見つめた。道隆は唇の端で笑った。やはり、どことなく覇気《はき》がない。

「保住、なんか元気ないよね…？」

おそるおそる言ってみると、道隆はわずかに目を見開いた。

「わかるか?」

ふっと笑って、道隆は膝に手を置いた。

「え、もしかして、また怪我?」

「いや」

視線を落としたまま、道隆が首を振った。

「高校のときの膝の怪我はもう治ったたし、平気――なはずなんだけど、ジャンプするとき、踏み切りで力が抜けるんだ」

夏休みに入ってからときどき足首がおかしくなって、高校時代にリハビリをしていたクリニックに行ったが、足首の脱力の原因が高校時代の膝の怪我からきているのかもわからなかったという。

「コーチにスポーツ外来のいい先生紹介してもらって行ったんだけど、そこでも原因わからなくて、精神的なものかもしれない、って言われた」

「精神的なもの?」

「ずっと公式試合から外れてたから、急にプレッシャーかかってるんじゃないかって。自分では試合に出られるのは嬉しいだけなんだけどな」

常に力が入らないわけではなく、自分でもどういうタイミングで抜けるのかわからない、と道隆は淡々と話した。

「思い切り踏み切るつもりで助走してるから、転倒しそうになって、他の選手と接触したらそいつも怪我させるだろ。それが一番怖い」

思いがけない話になって、有はただ聞くことしかできなかった。

足の不調は心配だが、道隆が自分からこんな話をしてくれたことに、有はひそかに感動していた。

道隆から見れば、有は「部室が近くにある地味な情報技術部員、学部も同じで顔見知りになったからちょこちょこ話しかけてくる図々しいやつ」くらいの認識だろう。だからこそ話してくれる。身近な人ほど心配をかけたくなくて本音を洩《も》らせない――というのは、有自身もそうなので理解できた。男性オメガという自分の属性について、家族は有がこんなにも整理がつかずに悩んでいると知らないはずだ。

「悪いな、急に」

道隆が気を取り直したように謝った。

「ううん。ぜんぜん」

有はぶんぶん首を振った。

薄い関係だからこそ打ち明けることができるといっても、誰でもいいはずはない。

道隆が自分に弱みを見せてくれた。

そのことが嬉しい。

動揺するほど嬉しい。

「話して、ちょっと気が楽になった」

「ほんと？」

道隆がそんなことを言うのも意外だ。

顔をあげた道隆と目が合って、有ははっと息を呑んだ。

少しはにかむような、そんな道隆の笑顔を初めて見た。

好きだ――その瞬間、自分の恋愛機能にスイッチが入るのがわかった。

ぱちん、ぱちん、と次々にスイッチがオンになっていく。

憧《あこが》れ、思慕《しぼ》、称賛《しょうさん》、いろんな気持ちがぜんぶ恋に収斂《しゅうれん》していく。

好きだ、彼が好きだ。

自分はオメガだから、いつか相性のいいアルファの伴侶になってその男の子どもを産むのだと思い込んでいた。その可能性しかないのだと、信じ込んでいた。

「八束？」

でも違った。だって彼が好きだ。

驚きと、わけのわからない感情の昂《たかぶ》りに、いきなり涙がこみあげてきた。有は急いで目を擦った。

「ご、ごめん。なんか、えっと、あの」

好きになった。

好きになれた。

「う、嬉しくて。気が楽になったって、言ってくれたのが嬉しくて」

急に泣きだされたら、彼が困惑するだろう。でもどうしても涙が出てくる。

「八束？　おい、どうした」

「ごめん、なんでもない」

泣いてしまったのが恥ずかしくて、シャツの裾《すそ》で急いで目を拭《ふ》いた。戸惑っていた道隆が、焦《あせ》ったように目を逸《そ》らした。

「あのさ」

Tシャツ一枚だったので腹が丸見えになってしまった。淡いブルー地が濡れて目立つのもなんだか恥ずかしい。

「あの。俺、保住のこと好きだ」

「えっ？」

突然情緒不安定になった自分に呆れているだろう、と焦って、有はつい馬鹿正直に打ち明けてしまった。

「びっくりさせてごめん。でも話してくれたのが、す、すごく嬉しかったから。それで、もし保住が嫌じゃなかったら、これからも今まで通り話しかけたり試合見に行ったりしたいんだけど、い、いいかな」

「当たり前だろ」

きっと許してくれると信じていたが、それでもほっとして、またぽろっと涙が落ちた。

「よかった」

有が急いで手のひらで拭《ぬぐ》うと、道隆は動揺した様子で有を眺めていた。

女子ならともかく、同級生の男に好きだと言われても困惑しかないだろう。

「勢いでこんなこと言っちゃってごめん。でもあの、返事ほしいとかそういうんじゃないから。無理なのわかってるし、困らせるつもりもないから。ほんとにごめん」

やっぱり言うんじゃなかった、と何回も謝りながらじわじわ後悔していると、体育館のほうから道隆を呼ぶ声がした。

「俺、戻らねえと」

「うん、ごめん。い、行って」

道隆は腰を上げかけたが、すぐ舌打ちをして有の隣に座り直した。

「八束。あのな」

道隆は言葉を探すように言いよどみ、有のほうを向いた。

「俺、前から八束のことが――気になるって言うか、八束と話してるとなんかテンションあがるなって思ってたんだ。友達、っていうのとはちょっと違う感じで、……俺は女ともしっかりつき合ったことないし、好きとかそういうのがあんまり得意じゃないからよくわかんねえんだけど、その――」

道隆の言おうとしていることがうまく理解できなくて、有は一生懸命聞いていた。

「悪い、なに言ってんのかわかんねえよな？　俺もわかんなくなってきた」

道隆が困ったように笑った。なんだかその笑いかたが可愛い気がして、有も笑った。体育館のほうから、保住ー、と声が聞こえる。

「呼んでるから、もう行って」

「ああ」

今度こそ腰を上げ、でも道隆は有の前にしゃがみこんだ。

「八束、今日練習終わったら会えるか？」

「えっ？　う、うん」

「じゃあ、またここで」

思いがけないことになって、有は道隆が体育館のほうに走って行ってもずっとどきどきしていた。

その日の夜、練習が終わった道隆とまた中庭で待ち合わせをした。

もうすっかり陽が落ちていて、クラブ棟の廊下の灯《あかり》だけが白っぽくあたりを照らしている。

「ごめんな、待ったか」

「いっ、いや。ぜんぜん」

体育館のほうから長身が走ってきて、有は座っていた花壇の端から反射的に立ち上がった。

心臓がいきなり速くなり、気温は下がっているはずなのにこめかみに汗が流れた。

「あの、す、好きって言ったの、本当に迷惑じゃなかった？」

有がおずおず訊くと、道隆は黙って首を振った。

「――前に、先輩が八束のこと変に色っぽいって噂してたことがあるんだ」

道隆が急に話を変えた。

「え」

「そんときはなに言ってんだって思っただけだったけど、俺もだんだんそれわかるようになって」

道隆が、気まずそうに言った。

「八束を変な目で見てるつもりはなかったんだけどな」

心地よく跳ねていた心臓が、急に冷たくなるような錯覚を覚えた。有はうつむいて唾《つば》を飲み込んだ。

色っぽい、というのはつまり有が男性オメガだからだ。

一般人《ベータ》にははっきりと知覚できないが、分泌《ぶんぴつ》している誘引《ゆういん》フェロモンは無意識下で作用している。抑制剤《よくせいざい》を飲まずに発情したら相手構わず反応を引き起こすのだから、当たり前といえば当たり前だ。

「八束に好きだって言われるまで自覚してなかったけど、俺、八束のことが好き――」

「俺、俺――い、言ってなかったけどオメガなんだ」

好きだと言われて頭の中がかっとして、またしても衝動的に打ち明けてしまった。

「オメガ？」

道隆が戸惑ったように目を見開いた。

「と、特殊バース性の、男性オメガ。知ってるよね…？」

道隆が大きく目を瞠《みは》った。

ほとんどの一般人にとって、特殊バース性など一生縁のないことだ。突然こんな告白をしたら混乱させるだけだと思いながら、一方で道隆には打ち明けたい、と強く思った。

「俺は男性オメガで、本当は守秘義務負《お》わせること、こんなに軽く言うべきじゃないんだけど、でも、ほ、保住のこと好きだし、ちゃんと、言っときたいから」

緊張と焦りでつっかえながら、それでも有は道隆から視線を外さなかった。

「――でも、オメガはアルファを選ぶんじゃないのか？」

さすがに驚いていたが、ややして道隆が訊いた。

「俺もそれが普通だと思い込んでて、だから、い、一回だけアルファとしたこともあるんだ」

どうしても声がうわずる。

「だけど、身体が反応してもそれだけで、俺が好きなのは保住なんだ」

一般人の道隆にもわかるようにクラブのシステムや抑制剤の話をして、自分の身体がどうなるのか知りたくてアルファと寝たのだと説明すると、道隆はしばらく黙ってなにか考え込んだ。

せっかく気持ちを受け入れてくれたのに、好きだとまで言ってくれたのに、こんな話をして、もしかしたら今までのようなつき合いもできなくなってしまうかもしれない。泣きたい気持ちでうなだれていると、うつむいていた道隆が決心したように顔をあげた。

「つき合おうぜ」

有は信じられない気持ちで道隆を見つめた。

「俺は八束が好きだし、八束も俺のこと好きなんだろ？」

ぶっきらぼうだが、そのぶん言葉にごまかしやためらいがない。

「い、いいの…？」

「俺がつき合おうって言ってんだ」

「保住、本当は女の子のほうが好きなのに？」

「それ言うなら、八束だって本当はアルファのほうがいいはずだろ」

「う――うん」

「いつか知らないアルファが八束をさらっていくのかもしれないけど、だからって今ここで諦められない」

じわじわと喜びが湧いてきて、頬が熱くなった。道隆が無言で手を差し出した。有はおそるおそるその手を握った。

「よし」

「なに、よしって」

「気合いだ」

「なんの気合い？」

「これから仲よくしようぜっていう気合い」

色気のないいいかたに、有もやっといつもの調子に戻って笑った。

「八束」

「ん」

道隆がかがみこんできた、と思ったら口づけられた。

「――」

不意打ちにびっくりしていると、道隆も驚いた顔をしていた。顔がかーっと熱くなる。

「悪い」

衝動的にしてしまったのだとわかり、有もなんだかうろたえてしまった。

「べ、べつに悪くないよ。つき合ってるんだし」

言いながら、保住が彼氏になったんだ、と有はまた驚いた。驚きながら嬉しさを噛みしめた。

その時点では、道隆は特殊バース性のことを完全に理解してはいなかった。

それでも有は道隆と恋人同士になった。

初めて関係を持ったのはつき合い始めた年の冬で、有のアパートは壁が薄いし、道隆はバレー部の宿舎暮らしだったから、「クリスマスにホテルに泊まろう」と二人で相談して決めた。

道隆は有にとって信じられないほどぴったりくるパートナーだった。

ずけずけ言うのはお互いさまで、欠点もあるがそれ込みで好きでいられる。

そのころになって、有はクラブに行ったこと、アルファと寝たことを後悔した。

初めては、道隆とがよかった。

心から好きで、なんでも分かち合える恋人と、初体験も共有したかった。

でもあのクラブでの行為は、あくまでもオメガとしての経験で、「八束有」には関係ない。

そう考えると少しは納得できた。

実際、発情も誘引フェロモンもない普通の行為は、なにもかもが刺激的だった。

バイト代をはたいて泊まったホテルのラグジュアリースイートは、あまりに豪華すぎて二人で目を丸くした。窓際に花とキャンドルが用意されていて、ベッドには薔薇《ばら》が一輪。そこまでされると照れくさいのを通り越しておかしくなって、噴き出した。

「お風呂すごいよ」

「一緒に入ろうぜ」

キスや手での愛撫はもう何回かしていたが、その先はちゃんとできるのか、泡風呂の中でいろいろ話し合った。

「俺は有に入れたいけど、いいか？」

「うん。俺もそれがいい」

「本当だな？」

「本当」

お互いほとんど経験がなく、どうやったらうまくいくのか、今一つよくわからず、せっかくロマンチックにいいホテルのいい部屋を予約したのに、結局ムードもなにもなく、ローションが足りないんじゃないかとか、角度がよくないのかも、とベッドの上でじたばた試しては失敗し、おかしくなって何度も噴き出した。

「だいじょうぶか？　有」

それでも何度目かの挑戦で、ようやく目的を遂《と》げることができた。

「あ、――」

身体の中に、道隆が入ってくる。不思議で、感動的で、有は恋人の首にしがみついた。汗だくになって「入ってる？」「うん、入ってる」と確かめ合った。

「すげえな」

「すごい」

セックスはすごい。

好きな人と本当に結ばれた。

それからずっと、道隆と歩いてきた。よそ見したことなど一度もないし、道隆の気持ちを疑ったこともない。

道隆が競技の引退を決意したり、有が部活仲間と起業に踏み切ったり、大きな挫折《ざせつ》やチャレンジを支え合い、喧嘩しながらお互いを理解してきた。

同棲《どうせい》して五年が過ぎ、――そして「一度だけ寝たことのあるアルファ」が現れた。

6

「有《ゆう》、本当になにも食わないのか?」

道隆《みちたか》が頭を拭《ふ》きながら浴室から出てきた。

嘉納《かのう》と食事をしてきたことを、有はどうしても言えなかった。

「うん、昼が遅かったし、そのかわりがっつりしたもの食べちゃったから。たまには胃腸いたわる」

きょうのじゃんけんは有が勝って、先に風呂を済ませていた。嘘は次の嘘を呼ぶ。有は後ろめたさに早口で言って冷蔵庫から水を出した。

「また抑制剤《よくせいざい》飲んだのか？」

空容器《から》は目につかないように捨てていたが、アンプルのキャップをうっかりシンクに残していた。道隆が不思議そうに有のほうを見た。

「うん。最近サイクル乱れてるみたいで」

しまった、とまた嘘をつく。

「大丈夫か？」

「うん、平気。それより道隆、新人君はどうなった？　ミスしたの隠して大事になったって言ってた」

どうでもいい話題で気を逸《そ》らそうとする姑息《こそく》な自分が嫌だ。

「ああ、一応片はついた。大人しいやつだから、こっちから気をつけて声かけてやらないと抱え込むんだな」

「道隆、怖がられてるんじゃない？」

冗談で言っただけなのに、確かに、という顔で考え込まれてしまった。

足の怪我からくる不調で競技を引退し、道隆は普通に就職した。見るからにバイタリティのある外見と体育会所属の経歴もあって就活《しゅうかつ》にはまったく苦労していなかったし、入社後も有の知る限り順調そのもので、起業したはいいものの、資金繰りに四苦八苦《しくはっく》し続けている有とは対照的だ。

一年後輩の小宮《こみや》が発案したアプリがヒットして、そのあともいくつか企業と組んでパズルゲームやフォトサービスシステムを成功させ、自分たちの会社をつくろう、と決めたのは就職活動を始めなくてはならない三年のときだ。

有にとって、就職活動は他の学生以上に大きな関門だった。

男性オメガという属性は、表向きには不利にならないように法整備がなされている。でも選ぶのは感情を持った「人」だ。希望の企業に就職できたとしても、会社員である以上はずっと男性オメガという不利な属性はついてまわる。

最近、自分がいなければみんなは今ごろもっと安定した職業人生を歩んでいたんじゃないか、と負い目を感じるようになった。情報技術部内で交渉や営業ができるのは有くらいだが、裏を返せば、有がいなければみんな起業などせず普通に就職していたかもしれないということだ。

「ごめん、今日ちょっと疲れてて」

その夜、手をのばしてきた道隆に、有は何度目かの嘘をついた。

嘉納の匂いにあてられている自覚があって、その上で道隆とセックスするのが怖かった。

——感じなかったら、いつもと反応が違ってしまったら、きっと道隆を傷つける。

疲れているとか気分じゃないとかで「今日はしたくない」と断るのはお互いさまで、いつもならそっか、で終わった。代わりに手を貸すこともあるし、勝手に処理することもあるし、それもお互いさまで、わだかまりも気まずさもなかった。

でも有が秘密を抱《かか》えていたから、空気がわずかに緊張した。

「有……？」

うしろめたさから、有は道隆の唇にキスをした。罪悪感がにじんでいるのが伝わってしまう。それでもキスせずにいられなかった。

「おやすみ」

なんでもないふうを装《よそお》って道隆に背を向けた。

道隆が違和感を覚え、こっちを見つめているのを背中に感じながら、有はひたすらじっとしていた。


バレーの試合を見ていると、勝敗を決める潮目《しおめ》というのはほんのささいなミスから始まることが多いものだと思う。

一本のサーブミス、インアウトの判断間違い、そこから流れが変わっていく。

「小宮が？」

「切迫早産《せっぱく》の恐れがあるって。あ、安静にしてれば大丈夫らしい。なんか、腹が張ってくるのを抑える点滴があって、それやるために入院になっただけだから心配するなって念押しされた」

「そっか」

入院、と聞いて腰を浮かしかけていた有は、ほっとしてチェアにかけ直した。

「それより納期の心配ばっかしてたから、とにかく今は仕事のことは忘れるように努力してくれ、こっちからも連絡しないからって言っといた」

「うん。ありがとう」

狭い雑居ビルのオフィスには角谷《かどや》と有しかいない。日付が変わる時間にはまだ少しあるが、周囲のオフィスからは物音もしなくなった。

「無理させてたからな」

角谷が腕組みをして、ふーと息をついた。

「うん…」

今は安定期ですから大丈夫、と以前と変わらない仕事量をこなしていた小宮は、妊娠後期に入っても仕事量を減らさなかった。気にはなっていたが、つい甘えた。

「俺のせいだ」

申し訳なさと情けなさに、有はうなだれた。

「いや、俺ら全員の責任だ。小宮の子になんかあったら取り返しつかないとこだった。ぎりセーフだったたって考えようぜ」

妊娠を軽く考えすぎてた、俺もいつかは同じことがあるかもしれないのに…、と考えかけて、有はぎょっとした。

自分が「産める」のは相手がアルファであることが大前提だ。今まで自分が産むことなど頭に浮かぶこともなかったのに。

意識していないところで「アルファのパートナー」という選択肢を考えているのか、と有は内心愕然《がくぜん》とした。

あれからひと月、道隆とは表面上は変わらずに過ごしている。でも確実に今までなかった溝《みぞ》ができていたし、昨夜《ゆうべ》はちょっとした言い争いもした。

遠慮と疑念、罪悪感と不信――有は次に道隆が求めてきたときは断らなかった。でもどうしても緊張してしまい、そのせいでキスも愛撫もどこかぎこちなかった。変だと思ったはずだが、道隆は何も言わない。そのあとも何度か身体を重ねたが、隠し事をしている罪悪感に快感は上滑《うわすべ》りするだけで、溝は深くなる一方だった。

今までこんなことはなかった。お互い思ったことはすぐ口に出すほうで、変だと思ったら即追及する。それなのに道隆が問い質《ただ》してこないのは、何をどう訊けばいいのかわからないからだ。

有自身、訊かれても説明できることなどなにもなかった。

そもそも客観的にやましいことはなにもない。財を成した篤志家《とくしか》がスタートアップ支援をしていて、有も目をかけてもらっている。それだけだ。

道隆は「よかったな」と一緒に喜んでくれるはずだ。——その篤志家がかつて寝たことのあるアルファでさえなければ。

そしてなにより有の中で嘉納が「ただの篤志家」「過去に関係をもったことがあるだけの相手」ではなくなっている。それが自分でわかっているのが、一番耐え難《がた》かった。

自分はこんなに不誠実な人間だったのか。

嘉納とはこのひと月、直接会うのを避けていた。仕事上で必要なやりとりはオンラインで済ませ、新しい取引先の紹介も、キャパオーバーを理由に辞退している。実際、負担の多さに小宮を犠牲にしてしまった。

「ひとまず派遣会社にフリーのエンジニア頼むしかないな」

角谷が端末《たんまつ》の工程表をタップした。

「二人じゃ足りないよな。それか、Sクラス人材頼むか。報酬《ほうしゅう》三倍じゃきかねーだろうけど、情報洩れ対策もあるしな」

資金確保のために受託《じゅたく》案件を増やしたはずなのに、人件費がかさんでしまう結果になって、有は自分の見通しの甘さに落胆した。大事なときだとわかっているのに小宮に無茶をさせてしまったのも、自分の管理能力の低さのせいだ。

「おまえ顔色よくないぞ」

角谷が端末から顔をあげ、眉をひそめた。

「持病は？　大丈夫なのか？」

「うん、ちゃんと薬飲んでるし、大丈夫」

有は大多数のオメガ同様、「深刻ではない基礎疾患《しっかん》を持っている」ことになっている。嘘をつくのは心苦しいが、公表したら余計な気を遣わせるのはわかりきっているので、今後も話すつもりはなかった。

「無理すんなよ？」

「角谷こそ。今倒れたら困るのは、俺より角谷と木ノ下《きのした》だ」

「木ノ下、ずっと家にこもって作業してるからなあ。あいつ一人暮らしだしメシちゃんと食ってんのかな」

「そういう角谷も食生活気をつけてよ」

話しながら、有は頭の半分で銀行融資《ゆうし》の返済や契約金の請求について必死で考えていた。受託開発の納期遅れは致命的だ。場合によっては違約金《いやくきん》が発生する。

今、自分が流れの狭間《はざま》に立っているのだと感じる。会社を畳《たた》む決断をするなら早いほどいい
――そんな考えが頭を過《よ》ぎった。有は指でこめかみを押さえた。

ささいな判断ミスから悪い方向に向かっている試合のようだ。

そろそろ終電が出てしまう時間で、帰り支度をしながらフォーンを確かめたが、道隆からはなにもなかった。先に帰って有が帰宅していないとき、以前なら「今どこ？」と必ず連絡をく

れた。道隆もまだ帰っていないのだろうか。

お互い帰宅時間はどんどん遅くなっていた。今週に入って一緒に夕食をとったのは一回だけだ。今日も、夕方「遅くなるから夕食は食べてくる」と送ると「了解」とだけ返信があった。文面は以前もこんなものだった。それなのに空々《そらぞら》しさを感じるのは、自分の受け取りかたが変わったからだろうか。

薄い氷の上をこわごわ歩いているような毎日に疲れを覚える。そしてそれはきっと道隆も同じだ。

昨日、家に帰ると道隆が誰かと話をしていた。

マンションは大きめのリビングダイニングと寝室だけの間取りで、道隆は寝室でスクリーンをつけていた。そっとドアからのぞくと、ベッドに座った道隆の前で小柄な女性が椅子にかけていた。聞こえる会話から、職場の人だとわかった。スクリーンの端には対面のランプがついていて、彼女のほうでも道隆が見えている。

「気にしないでどんどん報告してくれ。そんなことは俺の仕事なんだから」

いつもと同じ、少しそっけない物言いだが、道隆なりにフレンドリーに接しているのがわかる。ミスを隠してしまうと言っていた新人かもしれない。男だと思っていたが、こんな可愛らしい女性だったのか、と有はつい観察してしまった。

「ほんとに怒ってないですか?」

「ああ。このくらいのトラブルは慣れてる。それより報告が遅れるほうが困るんだ」

「わかりましたぁ」

彼女の甘ったれた物言いに苛立《いらだ》ったのは、疲れていたせいもある。

背景はオフにしているだろうが、彼女に気づかれないようにそっとドアを閉めた。どうして対面スクリーンなんだ、と有はうっすらと嫌な気分になった。顔を見せ合う必要があるのか。

すぐ出てくるだろうと思っていたのに、有がシャワーを浴びてもまだ道隆は寝室で話をしていた。ついドアの前で聞き耳をたててしまう。笑い声がして、反射的に踵《きびす》を返した。別に、職場の人間と笑い合うことくらいある。むかむかするのは自分自身にやましい部分があるからだ。仕事上のつき合いに、自分自身が私情を交えているからだ。

「帰ってたのか」

水を飲んでいると道隆がようやく寝室から出てきた。

「うん」

目を合わせたくなくて、グラスを洗った。道隆も無言だ。

「さっき話してたの、職場の人？」

「ああ」

「可愛い人だね」

気を取り直してただ少し話をしようと思っただけだった。それなのに厭味《いやみ》な言いかたになってしまって、自分でひやっとした。道隆がじっと有を見つめた。軽蔑《けいべつ》するような、冷ややかな目つきに胸が波立った。

「可愛いからなんだ」

「別に」

「言いたいことがあるなら言えよ」

「ないって」

こんなのは嫌だ。でも今は悪い流れに抗《あらが》えない。

——保住《ほずみ》、本当は女の子のほうが好きなのに、いいの？

——それ言うなら、八束だって本当はアルファのほうがいいはずだろ。

つき合うことになったとき、そんな会話をした。忘れていた。

道隆はストレートだし、俺はオメガだ。

——いつか知らないアルファが有をさらっていくかもしれない……

「寝るね」

その夜、道隆は寝室に来なかった。

一緒に暮らすようになって、初めて別々で寝た。

朝起きると道隆はリビングのソファで眠っていた。

「八束、鳴ってる。嘉納さんからだ」

上着をロッカーから出していると、デスクの上のフォーンが着信した。画面の名前を見て、角谷が急いで手渡してくれた。嘉納に恩義《おんぎ》を感じているのは有だけではない。

「はい、八束です」

ここのところ、嘉納からの連絡はぜんぶテキスト変換にしていて、直接やりとりするのは避けていた。が、角谷の前ではしづらくて、八束は通話に応答した。

『——声を聞かせてくれるのは久しぶりだな』

テキストが返ってくると思っていたらしく、嘉納が一瞬戸惑ったのがわかった。声が明るくなったのも。

『遅くにすまない。——もし必要なら、紹介できるエンジニアがいるというのを伝えておこうと思って連絡した』

どうやらキャパオーバーで仕事の紹介を断ったのを気にかけてくれたらしい。

「フリーのかたですか?」

『以前、君のところのエンジニアの仕事を見たことがあって、興味があるそうだ。キノシタと一緒に働いてみたいと言っている。腕は俺が保証するし、報酬にはこだわっていない。いい条件だと思うが』

「それは…たいへんありがたいお申し出ですが…」

久しぶりに聞く嘉納の甘いバリトンに、いきなり心臓がぎゅっと反応した。脈が速くなり、耳が熱くなる。勝手に騒ぎ出す自分の自律神経に、有は怖くなった。

『プロフィールを送るから検討してみてくれ』

やりとりが洩れていて、角谷が期待した目で有を見ていた。本当は断りたい。嘉納が便宜《べんぎ》を図《はか》ってくれるのは、多分に個人の都合だ。でも有のほうでも断るわけにはいかなかった。

「ご厚意《こうい》に甘えてばかりで心苦しいです」

『俺が勝手にやってることだ。君が恐縮する必要はない』

嘉納に対して負い目ばかりが募《つの》る。それが別の感情に変換してしまいそうで嫌だった。

『――スクリーンをつけてほしいが、無理だろうか』

嘉納の声がわずかに低くなった。

尊大なはずのアルファが、有に「頼み」という形で顔を見たがっている。いっそ高圧的に命令されたほうがましだ。

「すみません、まだ事務所なんです。もう終電なので今日はこれで失礼します」

たまらなくなって、有は通話を終了した。

「おい、いいのか?」

角谷が無作法に驚いている。

「だって終電逃《のが》すだろ」

慌ただしく上着を引っかけると、角谷も壁の時計を見て「ほんとだ」と急いでリュックをつかんだ。

「さっきの、嘉納さんに失礼だったんじゃないのか?」

稼働《かどう》の遅いエレベーターは無視して二人で階段を駆け下りる。角谷が息を切らしながら心配そうに言った。

「嘉納さんは形式的な礼儀とかには無頓着《むとんちゃく》な人なんだよ。でも次のときちゃんと謝っとく」

「そっか」

代表取締役社長、という大層《たいそう》な肩書で、契約や交渉などはぜんぶ有が引き受けている。有がそう言うのならそうなんだろう、と角谷は納得した。

「でも本当に嘉納さんに拾ってもらえてラッキーだったよな、俺たち」

「うん」

いつまでも部活動の延長でいいはずがない。角谷の「ラッキーだった」という言葉に、有は考え込んだ。

彼らのポテンシャルを「ラッキー」にしてしまっているのは、明らかに自分のせいだ。売り込み不足、交渉下手、雑用係兼代表だったころのままできてしまった。

「じゃあな」

「お疲れ」

方向の違う角谷とはホームの前で別れ、時間ぎりぎりで終電に飛び乗った。

居眠りしている会社員ふうの男や足でリズムをとるヘッドフォンの若い子の間に座り、有はほっと息をついた。終電は各駅停車で、最寄り駅までだいぶかかる。向かいの暗い窓を見つめながら、有は道隆と暮らして初めて「帰りたくないな」と思ってしまった。

今朝、有は道隆がソファで寝ているのに愕然として、声もかけずに出勤した。こんなことは初めてだ。

どうして自分はオメガなんだろう。

結局いつもそこに戻る。

なにかあっても家に帰りさえすれば道隆がいてくれる、と考えていたころが遠い昔のようだ。

駅について改札を抜け、有はそこではっと足を止めた。ロータリーの向こう側に道隆がいる。スーツなら同じ電車だったのかと思うところだが、見慣れた部屋着姿だ。

「道隆」

大きな駅ではないが、改札は二ヵ所ある。なんとなく人混みを避けたい気分だったからわざわざ遠いほうの改札を使った。道隆はいつも使う反対側の出入り口を見ている。

遅くなったから心配してくれたんだ、と有は急いでロータリーを迂回《うかい》しようとした。有が発情期のときや風邪気味のとき、無理して仕事に行った帰りに雨が降ったりすると、道隆はよくこうして迎えに来てくれた。仲違《なかたが》いしたままなのを気にかけてくれているのかもしれない。

ついさっきまで「帰りたくない」と思っていたはずなのに、と自分の現金さに呆れるが、やっぱり嬉しかった。

終電で、案外乗降客《じょうこうきゃく》が多い。長身でそんな必要はないはずなのに、道隆は爪先立って、流れてくる乗客の中に有を探していた。

「道隆」

一生懸命有を探している道隆に、胸が苦しくなった。

「道隆――」

バスはとっくに終わっていて、タクシー乗り場に人が滞留し始めていた。そのすぐ横が送迎車のスペースだ。人をよけて車道のほうに寄ったとき、クラクションが鳴らされた。

「八束《やつか》君」

「えっ」

反射的に足を止め、見ると運転席から嘉納が降りてきた。

「嘉納さん?」

「すまない」

びっくりしている有に、嘉納は短く謝った。

「さっき久しぶりに君の声を聴いて――どうしても会いたくなった」

嘉納が近寄ってくると、ふわりと彼の匂いが拡散した。ゆるやかに広がって自分にまとわりつくのが感覚的にわかった。久しぶりに声を聴いてどうしても会いたくなった――少しずつ耐性がついていた彼の匂いに、ひと月ほど触れていなかった。乾いた紙に火がつくように、恐ろしい速さで燃え上がっていく。

嘉納と目が合った瞬間、眩暈《めまい》がして足から力が抜けた。

「乗って」

「いえ、――」

つかまれた腕を振りほどけない。立ち上る甘く濃い匂いに捕らわれてしまった。

「有?」

助手席のドアを開けられ、車に乗せられようとしたそのとき、嘉納の背後から背の高い男がこっちを向いたのと目が合った。

「有!」

道隆が驚いて走ってくる。嘉納が振り返った。

「あっ」

いきなり助手席に突き飛ばされ、ばん、とドアを閉められた。

「有! 有!」

嘉納が運転席に滑《すべ》り込んだ。

助手席の窓に道隆が手を伸ばす。嘉納が勢いよくアクセルを踏んだ。急発進にがくんと身体が揺すぶられ、嘉納は片手で動転している有の身体を押さえた。

「なに――」

嘉納の手を振り払って車の外を見ると、道隆が全力で走ってくる。

「道隆！」

ドアを開けようとする前にロックがかけられた。加速していく車に、道隆が必死で追いすがっている。

いつか知らないアルファが八束をさらっていくかもしれない――

「道隆！」

「危ないからやめろ」

「下ろしてください！」

ドアをばんばん叩いたが、車は大通りに出て、道隆の姿は見えなくなった。

「なんで、なんでこんな…」

嘉納は無言でステアリングを操っている。混乱して、有は肩で息をしていた。やがて車が高架に乗ると、嘉納は自動運転に切り替えて有の方を向いた。道路の誘導ランプが嘉納の頬を艶《なま》めかしく舐《な》めては消えていく。見えるはずのない匂いが、煙のように渦《うず》を巻き、狭い車内に充満していくのがわかった。捉《とら》えられ、身体の奥に浸食《しんしょく》していく。道隆を見て一瞬気力を取り戻したのに、また澱《おり》に沈んでいく。

完全に自動運転に切り替わると、嘉納は身体ごと有のほうを向いた。甘い匂いが強く香る。自分の手が、まるで意思を持っているかのように勝手に嘉納のほうに伸びた。指先が頬に触れた瞬間、発情した。

「────」

溢れ出る欲望が背筋を駆け抜ける。嘉納が有の手を取った。息が止まり、有は竦《すく》みあがった。

「いや、だ──」

有は必死で手をふりほどき、膝《ひざ》の上でぎゅっと拳《こぶし》を握った。

「……どうしても」

嘉納が押し殺した声で囁《ささや》いた。

「どうしても俺は君が欲しい」

「──降ろして……」

喉《のど》が渇く。耳鳴りがする。動悸《どうき》が激しくなって手が震えた。さっきこの手が勝手に嘉納の頬に触れた。身体が自分の意思を裏切るのが恐ろしい。

「降ろしてください」

「なぜ」

嘉納の声に苛立ちが混じった。

「俺たちは番《つがい》だ」

「違う」

「番だ。君は俺のオメガだ」

「違う!」

膝が震え出した。欲望が押し寄せる。嘉納の匂いに眩暈がした。次に嘉納に触れられたら、抗えない。

「勝手に決めないでください。あなたは俺の何を知ってるんですか? 一回寝ただけじゃないですか」

「それで充分だ。君は俺を発情させたし、君は今発情を起こしてる」

叩きつけるように言って、嘉納は乱暴にハザードをつけた。車が自動的に退避スペースに滑《すべ》り込んでいく。青い誘導ランプの明かりが車内を照らした。激しい欲望に耐え、有は両手で顔を覆《おお》った。

「俺を助けてくれ」

苦しげな一言に、有ははっと目を開けた。嘉納が車のウィンドウを開けた。外気に匂いが溶けていく。

「助ける…?」

嘉納は有を強い目で見据《みす》えた。

「俺は君が欲しい。どうしても欲しい。君が彼を愛してるというのなら彼のところに帰ってもいい。でも俺と君はアルファとオメガだ。ベータには理解できないし、ベータは本当には君を満たせない」

言っていることはひどいのに、嘉納が切羽詰《せっぱつ》まっているのがわかって、有は激しく動揺した。

それに、嘉納の言っていることはぜんぶ正しい。

いつか知らないアルファがさらっていくのかもしれない——道隆はずっとその可能性を頭の片隅に置いていたはずだ。発情期が来るたびに抑制剤を飲んでいる有に、傷ついていたはずだ。わかっていたのに、目を逸らしていた。

オメガの身体を満たすことができるのはアルファだけで、そしてアルファの心を支えることができるのはオメガだけだ。

「君は俺の番だ。あのとき俺が判断ミスしなければ、今ごろ君は俺のものになっていた」

少しの間、有は放心していた。

身体が火照《ほて》ってたまらなかった。目の前の男にめちゃくちゃに抱いてほしい。脳がとろけるような快感を身体が思い出している。

「俺は君を保護できる。君を全面的に支援するし、君の望みはなんでも叶える。物質的にも、精神的にも」

有の心を無視して抱くのは簡単だ。強引に抱かれたら、有は抵抗できない。でも嘉納は説得しようとしている。あくまでもフェアであろうとしている。

「嘉納さん……」

アルファの本能に抗うことがどれほどの苦痛なのか、有も今身をもって味わっていた。激しい発情が苦痛に変わる。指先がじんじん痺《しび》れ、身体中が熱をもって疼《うず》く。本能がその男だと訴えている。抱かれろ、抱かれろ、と訴えてくる。

「――ごめんなさい」

でも有は窓についていた小さな跡を見つけてしまった。さっき道隆が追いすがってきたときに触れた指の跡だ。

ぎゅっと目を閉じると、涙が溢れた。

「ごめんなさい」

道隆は今でも爪はやすりで整える。家で爪を整えていて、終電の時間に気づいて急に不安になって駅まで来た――道隆の行動が、有には手に取るようにわかった。

ずっと一緒にいたから、わかってしまった。今、どれだけ有を探しているのか、絶望しているのかも。

「――八束、…八束君」

有の手を捕まえようとして、嘉納は一瞬、有をどう呼ぼうかと迷った。

呼ぶ名前に迷うほど、自分たちの間にはなにもない。あるのはオメガとアルファだという事実だけだ。

嘉納が伸ばしかけていた手を止めて、ぎゅっと拳にした。

機器パネルにドアロックのキーがある。

有がドアを開けるのを、嘉納は止めなかった。

「いつでも迎えに行く」

車を降りようとしている有に、嘉納が押し殺した声で呟いた。

「俺はどんな君でも受け止める。それを忘れないでくれ」

退避スペースから緊急避難用の階段を見つけ、有は機械的に足を動かした。高架道路を下りると、フェンスを乗り越え、歩道に出た。抑制剤さえ飲めば、この強烈な欲求から逃《のが》れられる。

早く家に帰ろう。有は一歩一歩足を交互に出して歩き始めた。

早く帰って、アンプルを飲んで。……そこから先に思考が働かない。

なぜ、なぜ、と心の中でそればかり繰り返した。嘉納と交われば根本的な飢《う》えからも解放されるのに、——なぜそうしなかったんだろう?

彼を選べば、すべてがうまくいく。才能のない会社運営から手を引いて嘉納に任せれば、みんなは条件のいい環境で仕事ができるようになる。なにも言わないが、両親も本当はアルファの保護を受けて安心させてほしいと思っているはずだ。

男としての魅力も、人間性も、嘉納に欠けているものはなにもない。道隆だって有と別れさえすれば女性と幸せな家庭を築くことができるのだ。

「……いやだ」

道隆が職場の女性と話していたのを思い出し、思わず首を振った。嫌だ。嫌だ。

「道隆」

靴に雫《しずく》が落ちた。

「道隆、道隆」

さっき自分を探して背伸びをしていた道隆のことばかり考えてしまう。ドアに飛びついて必死で追いすがった道隆の姿ばかり思い出してしまう。

乱暴に手の甲で目を拭《ぬぐ》い、有は止まりそうになった足を動かした。

道隆のところに戻りたい。なぜ？　彼はベータで、自分のこの激しい飢えを満たしてはくれないのに？　そのことで彼を傷つけてしまうのに？

どこでなにを選択して、ここまで来たんだろう。

どうして今、自分はこんなふうに歩いているんだろう。

駅から離れた車道の横を、雑草の生《は》えたアスファルトを踏んで、こんな深夜、ぽつぽつと誘導灯が照らすだけの道を、みっともなく発情させられて、スーツを着て、たった一人で歩いているんだろう。

時折長距離トラックが追い抜いていき、風圧に足を取られそうになった。

あと少しで駅が見えてくるところまで来て、有は顔を上げた。

歩道の向こうから誰かが歩いてくる。目的などなさそうに、妙にふらふらと歩いてくるシルエットに、有は立ち止まった。

「——」

有が気づいたのと同時に、向こうも気づいた。

「有！」

足から力が抜けた。

道隆が走ってくる。

歩道の横のフェンスに摑まって、有は道隆が走ってくるのを待っていた。嗚咽《おえつ》が洩れ、涙が止まらなくなった。

「道隆、道隆！」

「有！」

逞《たくま》しい腕が有を引き寄せた。

道隆だ。

強く抱きしめられて、有も夢中で恋人にしがみついた。

「ごめん、…っ、ごめん道隆」

道隆の匂いだ。

有の好きな匂いだ。脳をとろかさない、強制的に発情させせない、ただまっとうな恋人の匂い。

「有、…」

走って来た道隆の心臓がものすごい速さで動いている。

「有、大丈夫か?」

はあはあ息を切らしながら、道隆が顔を覗き込んできだ。有はとっさに顔をそむけた。発情させられているのがわかってしまう。苦しいほど昂《たかぶ》っていたものは歩いているうちに治まったが、ちょっとしたきっかけで燃え上がろうと待ち構えている。隠せない。なにより匂いがしているはずだ。発情しているオメガの匂いを、道隆は知っている。抑制剤を飲んでやりすごしていても、発情期は身体が違うし匂いも漂う。

「さっきの、誰だ?」

道隆が恐れるように訊いた。

「……嘉納、さん」

緊張しすぎて、囁くような声になった。

「嘉納…有を支援してくれてるって言ってた人?」

うなずいて、有は道隆の腕をぎゅっと握った。彼はアルファだと、――それも、昔関係をもったことのあるアルファだと打ち明けなくてはならない。言いたくない。道隆を失うかもしれない。嫌だ。この腕を失うのが怖い。

「――嘉納さんは、アルファなのか?」

道隆が先に訊いた。

「有」

すぐに返事をしないことが返事になった。

「ごめん」

やっとそれだけ言うと、道隆はしばらく黙っていた。

「――今日、帰ったら宅配ロッカーに荷物が届いてて」

急に話が変わって戸惑ったが、道隆は妙に淡々と続けた。

「すごく大きな梱包《こんぽう》で、送り状にオーダースーツ、宛名は有になってたけど、有があんなファクトリーでスーツつくるわけないから間違いなんじゃないかと思って電話した。そしたら、確かに八束様のお品物です、お支払いのほうは終わっておりますのでご心配なくって言われた。変だと思って、――」

道隆が駅まで迎えに来てくれていたのはそれだったのか、と有はいたたまれない気持ちで話を聞いていた。

「嘉納さんに、スーツを作ってやるって言われて、断り切れなくて、…」

有は覚悟を決めて道隆の腕をつかんだ。

「一度だけアルファと寝たことがあるって話したの、覚えてるよね。あれ、――嘉納さんなんだ」

　道隆がぎょっとしたように目を見開いた。

「再会したのは本当に偶然で、でも、道隆には言えなかった。嘉納さんによくしてもらってるのは、俺が、彼を発情させたオメガだから。あの人の支援がないと会社ぎりぎりで、小宮が出産したあと帰ってくる場所なくせないし、本当はもっといい報酬《ほうしゅう》もらえるはずなのにずっと一緒にやってくれてる木ノ下とか角谷とかに報いたいし、後輩だって……でも、それだけじゃない。俺はやっぱりオメガで、あの人とは――違うんだ。うまく説明できないんだけど。だからあの人の厚意《こうい》を断れなかった」

「アルファとオメガの関係は、俺たちには理解できないからな」

　道隆がぽつんと言った。感情のこもらない声に、有は胸を突かれた。傷つけるつもりはなくても、アルファとオメガのあたりまえが道隆を傷つけてしまう。

　真横を大型トラックが連続で通過して行った。ヘッドライトが横切るたび、道隆の顔が明るくなったり暗くなったりした。

「アルファはオメガを大事に保護するんだろ？　俺は有になにもしてやれない」

　頬に冷たいものが流れた。有は首を振った。

「なんで、そんなこと言うんだよ」

手が震え、声が震えた。

「道隆…、」

「でも俺は嫌だからな！」

道隆が激しく遮《さえぎ》った。

「そのほうがいいってわかってても、有をそのまま行かせる気なんかない。なにもしてやれないけど、それでも俺は絶対に別れたくない。だから自分から手を離したりしない。きれいに別れたりしない。他の男のとこに行くなら、ちゃんと俺を振ってから行け。他の男を好きになったから別れたいってちゃんとそう言ってから行けよ！」

有は呆然として立ちすくんでいた。

嘉納は、道隆を愛しているならそれでもいいと言った。いつでも迎えに行く、と言ってくれた。

「俺は絶対に嫌だからな」

道隆は逃げ道を用意してくれない。

溢れるほど与えてくれない。満たしてくれない。楽をさせない。待ってもくれない。

それなのに、他に好きな男がいてもいい、と言ってくれる嘉納より道隆がよかった。

有が欲しいのは庇護者《ひごしゃ》ではなく、伴走者《ばんそうしゃ》だ。

だめなときは怒ってくれて、弱音を吐くのも励《はげ》ますのもお互いさまで、どこまでも二人で歩いて行ける相手だ。

有は道隆の手を振り払い、そのまま彼の背中を抱いた。

「俺は戻ってきただろ！」

もっと大声で言いたかったのに、喉が詰まった。

「俺だってやっぱり道隆がいい。道隆がいいよ」

甘い、理性を蕩《とろ》かすようなアルファの匂いより道隆の匂いが好きだ。一日働いてきた普通の男の匂い。道隆の匂いがいい。

「好きだよ。道隆が好き」

道隆を愛している。これからもずっと。

7

道路沿いに、古いラブホテルがいくつも並んでいた。車で入る形式のそこに、道隆《みちたか》と歩いて入った。道隆はスウェット、有《ゆう》はぼろぼろのスーツ姿で、もしあとで防犯カメラをチェックするようなことがあったら一発で不審人物だとピックアップされそうだ。

「徒歩の客って想定外なんだね」

「立地的に、そうなるよな」

泣いたりわめいたりした反動で、有も道隆も妙に落ち着いていた。なによりお互いの気持ちがぴったり納まって、不安も迷いもきれいになくなってしまった。

従業員出入り口のようなスチールドアから中に入ると、客室案内の誘導はいったん駐車場に続いていた。客室パネルで部屋を選び、階段で二階に上がる。

「古いな」

「趣《おもむき》があるって言おうよ」

ここしばらくあったぎこちなさは完全に消えていて、ふふっと笑い合った。

「ところで、充分わかってるとは思うけど」

有はサテン地のカバーのかかった巨大なベッドにぽんと座った。

「俺は今、発情してます。落ち着いてるけど、今にも爆発しそうでやばい」

腹の下に片手をやると、それだけでじん、と快感が走った。道隆が瞬《まばた》きをした。

「オメガの本気の発情、道隆は知らないでしょ」

「当たり前だろ」

「実は俺もよく知らない。自分のことなのに」

有はうしろに手をついて安定させていた身体をまっすぐに起こした。

「俺は発情のサイクル安定してるほうだし、ずーっと抑制剤《よくせいざい》飲んでたしね」

「有——の、その匂い……」

「わかる？」

「そりゃ、有がアンプル飲む前とかその匂いすることあったけど、——今のは違う」

「嘉納《かのう》さんと会うようになってからはずっと予防薬も飲んでたんだけど、耐性ついちゃって、さっき狭いところに二人でいたから発情しちゃった。俺、あの人とめちゃくちゃ相性いいみたいなんだ。あ、言っとくけどなにもしてないからね？」

あけすけに話すと、道隆も毒気を抜かれたようすで有の隣にぽんと座った。

「身体の相性って、なんなんだろうね」

完全に吹っ切れてしまった有に、道隆も肩から力を抜いた。

「子ども、有は産みたくないのか」

「道隆の子？」

有は馴染《なじ》んだ肩に頭を乗せた。

「俺は、有を妊娠させられない」

「そりゃそうだよ。俺だって道隆を妊娠させられない」

普通に言っただけなのに、道隆が笑った。

「確かにそうだ」

「だから仕方ないでしょ。子どもは可愛いなあとは思うけど」

そういえば小宮《こみや》の切迫《せっぱく》早産が心配だ…、と思い出していると、道隆が指先で髪をちょいちょいと触った。いつもの道隆の仕草に、有もいつものように安心して全身でよりかかった。

「俺は有を妊娠させられないし、発情を止めてやれない」

「そうだね」

こんなふうにはっきりと妊娠とか発情とか口に出したのは初めてだった。

「俺、発情してセックスしたのって嘉納さんと寝た、最初のあれだけなんだよね。なんかすごすぎて逆に現実感ないいんだけど」

なんだか開き直ってしまい、ありのままに話すと、道隆は微妙な顔をした。

「その話は聞きたくねえな」

「ごめん。でも俺にとっての初体験は道隆とクリスマスにホテル行った、あのときなんだよ」

声に実感がにじんでいたらしく、道隆が照れくさそうに笑った。

「ベッドに薔薇《ばら》置いてたな」

「泡風呂の横にシャンパンもあった。なんかすごいクーラーに入ってて」

「あれ、開けかたわかんなくて結局飲まなかったんだよな」

「もったいなかったね」

笑って話しながら、道隆が頬や口の端にキスしてきた。

「有、いい匂いがする」

道隆の声が低くなった。有の耳のあたりに唇をつけて、道隆が深く息を吸い込んだ。ぞくっとした。

「道隆……」

くすぶっていた欲情に、火がついたのがわかった。

「有」

「──俺がどんなになっても、道隆、俺のこと嫌いにならないよね」

燠火《おきび》が爆《は》ぜる。小さな火の手があちこちであがる。

「それだけはない」

道隆が言うことは、ぜんぶ信じられる。

ずっと一緒に生きてきたから、信じられる。

「──」

安心したとたん、自分の全身から見えない匂いが立ち上るのがわかった。強烈な誘引フェロモンに、道隆が一瞬たじろいだ。

「有──」

今も地元のバレーボールチームで活動している道隆は、スポーツマンらしいしっかりした身体をしている。押し倒され、服を次々に脱がされながら、有も道隆の服を脱がせた。布がこすれる感触だけで声が洩れそうに感じる。いつもは押さえつけ、薬で散らす発情の重苦しい熱が身体中を駆けまわっている。

「道隆……すぐ、すぐして」

愛撫もキスもまどろっこしい。道隆の身体の重み、密着する肌の感触だけで感じる。

「有、――俺、も…、今日は手加減、できないかもしれない…」

道隆が上ずった声で囁いた。

欲望に満ちた息遣いに、有はさらに燃え上がった。

「いい、大丈夫、だから……っ、はやく……」

「有、…これ…」

あっというまに蕩《とろ》けてしまい、勝手に中が濡れてくる。なんの抵抗もなく指を呑み込んだのに道隆が驚いている。

「――」

恥ずかしかったのは一瞬で、鋭《するど》い快感と物足りなさに、勝手に腰がうねった。

身体が先に発火して、どうにもならない。動物じみた声をあげて、有は自分でうつぶせて腰を高くあげた。早く欲しい。ねじ伏せられて、激しく犯されたい。

「――う……ッ、は、ああ…ッ…」

背後から腰をつかまれ、一気に貫《つらぬ》かれた。一瞬の抵抗感に頭の中で火花が散った。

「ああ――」

背筋を戦慄《せんりつ》が走って、有はのけぞった。

「いい、――あ、あ」

「有」

大きなものが奥を小刻みに突く。有がどうされるのが好きなのか、道隆はよく知っている。

「きもち、い…もっと、それ、もっとして……」

粘膜《ねんまく》がぐちぐちといやらしい音をたてるのも興奮を誘った。

「有、めちゃくちゃ中が……」

道隆が低く唸《うな》った。

男を欲しがって熱をもっている。締めつけ、うねり、もっと、とねだっている。恥ずかしい。

でも欲しい。

「道隆――」

甘い、懇願《こんがん》するような声が勝手に洩れた。

「有」

激しい息遣いで名前を呼んで、道隆がいきなりトップスピードに入った。

「ああ……ッ、…」

シーツに汗が落ちる。

力強い律動に身を任せ、快感でいっぱいになって有はひたすら恋人の名前を呼び続けた。

「は、――あっ、…あ、……か、道隆……、っ、いい、道隆――」

喘《あえ》ぎすぎて声が続かない。

「有」

「あ、ッ、は、はあ……っ——、もう、だめ——」

突かれるたびに中が痙攣《けいれん》した。気持ちいい。もっと。他に何も考えられない。

ふっと背中から重みが消え、腕を摑まれてひっくり返された。

「やだ」

快感をとりあげられて、有は首を振った。こめかみに涙が流れる。

道隆が両足首をつかんで思い切り足を折り曲げた。明るい室内で、ぜんぶをさらされても、もう恥ずかしいとは感じなかった。見ているのは道隆だ。

「はやく」

舌がまわらず、甘ったれた口調になってしまう。

「して、はやく」

飢えを満たしてほしい。思い切り抉《えぐ》ってほしい。

「あ——」

今度は前からじっくり貫かれた。たまらなくいい。腹をぬるいものが流れて、自分がとっくに射精していたことに気づいた。中の快感が凄《すご》すぎて、わからなかった。

「…あっ」

ぜんぜん萎えないまま、道隆に手で愛撫されてまた射精した。

「すごいな」

「だ、って…ん、う――…」

試すように軽く突かれ、息が乱れる。

「道隆…」

自分が今どんな顔をしているのかわからないが、道隆が愛《いと》おしそうに頬に触れた。

「…み、道隆、…キス、…」

唇が重なり、舌が入ってくる。夢中で舐めて恋人の首にしがみついた。道隆の匂いがする。汗で濡れた髪をかき回し、何回も角度を変えて口づけを交わした。

「すき、好き…道隆…」

両手の指を絡《から》めて、道隆がゆっくりと律動を始めた。ぐちゅ、と音がして、生ぬるいものが溢れた。

「え、…?」

もう道隆に出されていたのに、気づいていなかった。道隆が動くたびに中から洩れてくる。ひどく倒錯的《とうさくてき》なことをしている気がして、たまらなく興奮した。

「――あ、…っ、――道隆……っ」

一度射精して落ち着いた道隆は有の反応を見ながらゆったりと責めてくる。

「ここだろ？」

「ん、うん…っ、あ、あ」

余裕のある男の動きに一方的に翻弄《ほんろう》され、それにも感じてしまう。

「う、ん……、あ、あ――」

濡れ切った中を擦《こす》られ、敏感なところを刺激される。徐々に高まっていき、また射精した。終わらなくて怖い。

「有、辛いのか？」

涙がこめかみを伝い、道隆が拭ってくれた。有は首を振った。

「発情、と、とまらな…い、の…こわい」

以前だったら絶対にこんなことは言えなかった。

「助けて」

道隆はベータだ。ベータにはオメガの発情を鎮《しず》めることはできない。でも有の恋人は道隆だけだ。

「有」

道隆がかすかに目を見開いた。

「み、道隆、…道隆、たすけて」

――俺を助けてくれ。

ふっと嘉納の横顔が脳裏《のうり》を過ぎった。

でもだめだ。どうしてもだめだ。ごめんなさい、と謝ることしかできない。

「俺、は、…道隆、に、助けてほしい。道隆がいい」

手を伸ばすと、道隆は有の指先に口づけた。

「俺も、有がいいよ」

強い情熱を秘めた、優しい声に胸を突かれた。

「大丈夫だ」

「ん、——うん」

道隆がいる。なにがあっても、有がどうなっても、いつも隣にいてくれる。自分だってそうだ。なにがあっても道隆の隣にいる。だから大丈夫だ。

喉の奥が詰まって、唇が震えた。ぎゅっと目をつぶると、道隆が強く抱きしめてくれた。有も夢中で道隆の首に腕を回した。

馴染んだ道隆の汗の匂いがする。

「道隆」

シーツに押しつけられ、道隆が改めてのしかかってくる。

自分を上から見つめる恋人と視線が絡み、——有はふっと自分がなにかから解放されるのを感じた。

発情している自分を、受け入れてもらっている。

「道隆——」

自分でも気づいていなかった心の中の固い結び目が緩《ゆる》んで、解《ほど》けた。

快感が甘く全身に広がっていく。恋人のくれるキスが気持ちいい。

「いい、…っ、は、……う、…ん…」

好きな人とセックスしている。抱き合って、絡み合って、二人きりで思い切り愛を交わし合っている。

「道隆、道隆……っ」

「有」

何度目かの絶頂のあと、有はふと、身体を支配していた異様な熱が燃え尽きていくのを感じた。勝手に暴走していた欲望が鎮まり、代わりにいつもの欲求が溢れてくる。

そうしたいと思うまま、有は馴染んだ恋人の匂いを吸い込み、よく知っている逞《たくま》しい身体を手のひらで確かめた。

「——有？」

道隆が、何かを尋ねるように顔を覗き込んできた。

「もう、いく」

とっくに何度も射精しているのに、有は恋人に縋《すが》りついた。

これは、今の欲望は、ただの欲望だ。

恋人と抱き合って当たり前に抱く愛情だ。

「有」

道隆が頬や額《ひたい》にキスをして、最後に唇にしっかりと口づけてくれた。わかってくれている。

目も眩《くら》むような幸福感に、有は無我夢中で道隆を抱きしめた。

「──あ……」

身体の奥で、道隆が脈動《みゃくどう》した。

「有──」

溢れてくる感覚に中が痙攣し、甘い戦慄が走る。

「──」

一瞬の空白のあと、道隆が汗だくで倒れ込んできた。

気づくとはあはあ息を切らし、道隆と見つめ合っていた。身体中がいろんなものでぐしゃぐしゃになっている。息が苦しい。快感の余韻《よいん》が強すぎて、声も出ない。でもひどく満ち足りていた。

「──有」

息を切らしながら、道隆が有の前髪に触れた。

「ん」

「…最高、だったな」

息がおさまらず、有はただうなずいた。

「でももう、無理だ」

あまりに実感がこもっていて、笑ってしまった。

何回達したのか、もう記憶にもない。どこまでいけるか全力疾走《しっそう》して倒れ込んだみたいだ。

「有――」

やっと少し落ち着いて、道隆が、ふと不思議そうに瞬《まばた》きをした。

「ん？」

「匂いが変わった」

「そう？　発情が止まったからかな…？」

「そんなものなのか？」

「さあ」

自分のことなのに、いわゆる「オメガのセックス」の経験が少なすぎてよくわからない。そんなことより、とにかく疲れた。

「今はそういうの、どうでもいいかも…」

好きな人と欲望を満たし合い、心地のいい疲労が全身に広がっている。

「発情、止まったのか」

道隆が感慨深そうに有を眺めた。

「うん、道隆が止めた」

「そうか」

面映《おもは》ゆそうに目を細めて、道隆が指先で有の前髪をかきあげた。有も急に照れくさくなって笑った。

「よかった」

「うん」

「有？」

ふっと目の前が暗くなった。

「ごめん、限界…かも、ちょっと、寝ていい…？」

道隆がなにか言っている。

どうせ大丈夫かとか、痛いところはないかとかだ。

「だいじょうぶ」

安心させるためにもう一度笑って見せたかったが、まぶたが落ちるのをどうすることもできない。有はそのまま眠りに落ちた。

8

繁華街から離れた一軒家のフレンチレストランは今日も賑《にぎ》わっていた。ここに来るのは三回目だ。前の二回は嘉納《かのう》に伴《ともな》われていたが、今日は一人で、有《ゆう》はかなり緊張していた。

あの夜からふた月が経《た》った。

嘉納が紹介してくれたエンジニアのおかげで急場はしのげ、小宮《こみや》は無事出産した。嘉納とはあれから一度も会っていない。

必要なやり取りはぜんぶテキストで、テスト版を配布していたシステムに手ごたえが出てきたと報告レポートを送ると、初めて会食に誘われた。

「いらっしゃいませ。もう嘉納さまお待ちですよ」

エントランスで上着を預けていると、いつもの美しいギャルソンが案内のために出てきた。

「今日はお待ち合わせなんですね」

壁に抽象画《ちゅうしょうが》のかかった廊下を進みながら、ギャルソンがにこやかに話しかけてきた。ここに来たときはいつも彼で、たぶん嘉納の担当なのだろう。

「僕がこちらにうかがうのは、たぶん今日が最後だと思います」

緊張をまぎらわせたくて、特に必要もないことを口にした。

ギャルソンはなにか訊きたそうに一瞬だけ有のほうを見たが、すぐ慎《つつ》ましく目を伏せてドアを開けた。

「失礼します」

声をかけて中に入ると、嘉納はいつも通りのラフなシャツスタイルで、インカムをつけてなにか指示を出していた。こちらからは見えないが、空間デバイスを使って誰かと話をしていたようだ。

「遅くなってすみません」

「いや、時間通りだ」

インカムを取って胸ポケットに入れると、嘉納は「コースでいいか」と有に尋ねた。目が合って、嘉納は不思議そうに眉を上げた。——匂いがしない。

予感していたが、あれほど強く香っていた嘉納の匂いがかすかにわかる程度になっていた。嘉納も同じことに驚いている様子だ。

「嘉納さんにお任せします」

ギャルソンが布張りのメニューを開き、嘉納にコース料理の説明をしている。その横顔をなんとなく見ていて、ふっと彼は嘉納のことが好きなんじゃないか、と勘づいた。

「——君、匂いがしないな」

ギャルソンが去り、嘉納が声を潜《ひそ》めた。

「先週、バースセンターで詳しい検査をしたんですが、フェロモン分泌《ぶんぴつ》不全を起こしていると言われました」

嘉納が目を見開いた。

「分泌不全？」

「病気ではないそうです。僕はパートナーがベータなのでアルファと接することがなくて、その、普通はクラブやチャットで相手を探して発散するのに、そういうことをしていなかったのでフェロモンが不活性化《ふかっせいか》していたのではないかと……パートナーがベータだし、発情サイクルが安定してたしで、簡単な定期検診しか受けてなかったんです。それで弱くなってきているのにもぜんぜん気づいていませんでした」

「しかし」

嘉納が疑い深そうに目を細めた。

「あなたとは、本当に相性がよかったんでしょうね」

だから不活性化していたはずなのに嘉納とは反応し、発情も起こした。

「もともと不活性化していたのにあなたと再会して強制的に発情が起こり、それを彼が鎮《しず》めてくれたので結果的に分泌不全になったのでは、というのが今のところのバースセンターの見解です」

レアケースとして今後は研究対象になるが、もちろん喜んで協力するつもりだ。このまま分泌不全で安定すれば、今後はわずらわしいバイタル管理は必要なくなる。

「相性より愛を選んだわけだな」

話を聞いていた嘉納が、驚いた顔のまま珍しく皮肉な言いかたをした。有はうなずいた。

「そうです」

身体の相性がいいことは、パートナーの絶対条件ではない。少なくとも有にとって大事なのはもっと別のことだ。

「嘉納さんには本当に感謝しています」

あのままでもアルファと無縁で過ごしていればいずれ分泌不全になったのかもしれないが、有の発情を鎮めることができて道隆は本当に嬉しそうだったし、有も幸せだった。思い出すと勝手に顔がほころんでしまう。

嘉納が鼻白《はなじろ》んだ様子で顎《あご》を反《そ》らした。

「もしかして、俺はのろけられているのか?」

「すみません」

「失礼します」

ギャルソンがアペリティフをサーブしに来た。

「君が売り込んでるシステムのテスト版、いい反応がきているな」

嘉納がさりげなく仕事の話にシフトした。

「レスポンス見て改善回しているところです。投資していただいたぶん、必ずリターンをお戻ししますので」

「エンジニアの腕がいい上にチームの結束が固い、とテック部門が有望投資先にAをつけていた」

「ありがとうございます。頑張ります」

木ノ下《きのした》も角谷《かどや》も、小宮の産休明けまでにいい報告ができるようにと頑張っている。

「いつまでたっても学生気分が抜けなくてお恥ずかしいんですが、結局うちはそれが原動力なので」

みんなで小宮の出産祝いに行ったとき、話の流れで自分がふがいないせいでみんなのポテンシャルを無駄にしている気がする、と洩《も》らしたら、盛大《せいだい》に驚かれた。

「むしろ逆でしょー!?」

「八束殿《やつかどの》がいないと会社一ミリも動きませんぞ」

「我々、社会に放たれたら野垂《のた》れ死《じ》にする未来しかないよ」

「わたしも今の環境だからのびのび頑張れるんです」

そんなふうに思ってくれていたとは想像もしていなかった。

「まだ全員、伸びしろいっぱいなので。頑張ります」

「期待している」

優雅な仕草で食前酒に口をつけた嘉納に、カトラリーをセットしていたギャルソンがちらりと目をやった。長い睫毛《まつげ》でふちどられた瞳に憧憬《どうけい》が浮かんでいるのに、もちろん嘉納は気づいていない。

「嘉納さん」

よけいなお世話だろうな、と思いつつ「前菜をお持ちします」と下がっていった彼の背中を見送ってから、有は声を潜めた。

「マッチングの申し込みは、取り下げたままなんでしょうか」

「ああ」

嘉納が苦笑いをした。

「そろそろ本気で伴侶《はんりょ》が欲しくなってきたが、よく考えたら俺は別に子どもが欲しいわけじゃないんだ。ただプライベートを満たしてくれる相手がほしい。マッチングだとすぐにでも子どもをつくろうって話になるからな」

「それならオメガにこだわらなくてもいいんじゃないですか？　嘉納さんならいくらでも素敵な出会いがあるでしょう」

「いや、まったくない。俺は偉そうだから敬遠されることは多いが、逆はない」

妙にきっぱりとした自己評価に、有はつい笑ってしまった。

「そんなことはないですよ。まさか嘉納さんがパートナー募集中って誰も思わないからですよ」

かしゃん、と戸口のほうから食器の触れる音がして、見るとギャルソンが「失礼しました」と真っ赤になっていた。

食事を終えて車を呼んでもらっている間、嘉納はギャルソンに「今日は体調でも悪かったのか」と話しかけていた。

「珍しくそわそわしていたが、体調が悪いときに無理して仕事をするのはよくないぞ」

鈍《にぶ》いのが欠点だが、嘉納はいい人だ。頑張ってください、と心の中できれいなギャルソンにエールを送っていると、スーツのポケットのモバイルフォーンがぶるっと震えた。片耳にだけ突っ込んでいたワイヤレスイヤホンがそれに呼応《こおう》する。

〈ホズミミチタカさんから、《イマ、ドコ?》とメッセージがありました〉

音声読み上げのボイスに、有は〈もうすぐ帰るよ〉とテキストで返した。

〈嘉納さんにちゃんと挨拶《あいさつ》できたか?〉

今度はテキストが返ってきた。

〈うん。フェロモンのこと話したら驚いてたけど、本当に匂いしなくなってたし、わかってくれた〉

二人きりで会うのは、これで最後だ。

〈そっか、よかったな〉

〈今、車呼んでもらってる〉

〈じゃあ風呂入れとく〉

やりとりをしている画面の端にバイタルサインが出ている。葉っぱの色はグリーンだ。

学生時代に一生懸命作ったアプリは、たくさんのオメガの役に立っている。作ってよかった。

「八束さま、お車が参りました」

「では、お先に失礼します」

ギャルソンに呼ばれて、有は嘉納に挨拶をして先に個室を出た。

家で道隆が待っている。

車に乗り込み、有はバイタルアプリをアンインストールした。

五月の庭

1

「道隆《みちたか》、道隆、玄関のとこに置いてたランドリーバッグ知らない？」

洗面所でドライヤーを使っていると、ばたばた足音がして有《ゆう》がスライドドアを勢いよく開けた。

五月の爽《さわ》やかな朝、洗面所の小窓から見える空はからりと晴れている。近くの公園の緑もみずみずしく葉を広げ、子育て中の野鳥が時折梢《こずえ》を揺らしていた。が、今日から出張の有と、気の張る会議を控えた道隆はそれぞれのことで精一杯で、美しい季節を味わう余裕などまるでなかった。

「ランドリーバッグ？」

「白いネットのやつ！　一番でかいの！　また勝手に使っただろ」

出会った頃から童顔だと思っていたが、年齢を重ねるにつれて有はどんどん実年齢と見かけの乖離《かいり》が大きくなっている。寝起きで髪がはねているせいもあるが、Tシャツにハーフパンツの有はとても三十手前の男には見えなかった。ぷりぷり怒っている顔はどう見てもハイティーンだ。

「あれは昨日クリーニング持ってくのに使っただろ」

「えーっ、なんでだよ！　出張に持ってくって言ったじゃん！」

口を尖《とが》らせた子どもっぽい表情に、これが代表取締役社長かよ、と呆れてしまう。

「なんでって、有が自分で使ったんだろ」

「俺が？」

「有だ。出張前に出しとこって、夕方あれに入れて持ってった。忘れたのかよ」

「えっ？　あっ、そうだったぁー‼」

うそーっと大騒ぎしながらどたばた去って行った。と思ったら戻って来た。

「疑ってごめん」

ぴょこっと頭を下げて、また「時間時間、やばいやばい」と大慌てで取って返していく。小動物めいた動きに、ドライヤーを充電スタンドに戻しながら笑ってしまった。

有はこのところずっと元気だ。

以前は体調に波があって、ひどいときは一週間ほど寝込むことも珍しくなかった。有は特殊バース性の中でも稀少《きしょう》種の「男性オメガ」で、周期的に発情が起こり、それを抑制剤《よくせいざい》で抑える必要がある。

自然に発散できないぶん身体に負担がかかっているのは明白で、有には本来結ばれるべきパートナーが別にいるのだ、と有が寝室にこもっているのを見るたびに道隆も辛《つら》かった。

「俺、フェロモンが不活性化してるかもって言われた」

それだけに、有の体質の変化は驚きだった。

有は年に一回、バースセンターで健康診断を兼ねたバース検査を受けている。嘉納《かのう》と出会った昨年の終わり、有はびっくり顔で報告してきた。

「理由ははっきりしないけど、アルファとまったく接触しないでいたから自然にフェロモン分《ぶん》泌《ぴっ》低下してってたのに、突然嘉納さんと再会しちゃって、反動で一気に反応起こして、それでも性交渉しなかったから完全に不活性化に傾いたんじゃないか…、って」

病気ではなく体質の変化で、このまま不活性化が定着すれば服薬《ふくやく》の必要もなくなる、というのが専門医の診立《みた》てだった。

「俺、ちょこちょこ寝込んでたけど、大きく体調崩したことってなかっただろ？　アルファとまったく接触しないでそのくらいでやり過ごせたのって、ずっと同じパートナーと安定した関係を持ってたからだろうって言われた」

有が照れくさそうに「道隆のおかげ」とつけ加えた。

「よかったな」

「うん！」

有が晴れ晴れとした顔をしていたのが、道隆は一番嬉しかった。

特殊ケースとして研究対象になったが、有は快《こころよ》く協力している。抑制剤の服用回数は順調に減り、発情期そのものもどんどん軽く短くなっているとかで、それは端《はた》で見ていてもわかる。

「道隆、時間やばいから行くね！」

「おう」

それぞれ自分の準備をして、道隆がスーツの上着に袖《そで》を通していると、玄関で有が叫んだ。

「頑張ってこいよ」

見送りに出ていくと、有はすっきりとしたスーツ姿で、ちゃんとハイティーンから社会人に成長していた。表情も引き締まっていて、十年近く一人で会社の舵取《かじと》りをしてきた大人の顔になっている。

「道隆もプレゼン頑張って」

「まかせろ」

玄関先で軽くハグして、エールの交換をする。

「で、昨日の話、考えとけよ」

「え」

ここ最近二人の間で持ち上がっている懸案《けんあん》事項について口にすると、とたんに有がひるんだ。責務を負ったビジネスマンの顔が、また童顔の恋人のものに戻る。

「出張の間に考えるって有が言ったんだぞ」

「う、うん、そうだけど。そうだけど…、まだいいじゃん」

「その『まだいい、まだいい』で五年経《た》った」

「だって、それで今まで問題なかったし！」

他のことでは思い切りのいい有が、この件になると突然優柔不断の塊《かたまり》になる。

「問題なくても、いつまでもこれでいいわけないだろう。ってこれも昨日の繰り返しだ。もう行けよ、時間ないんだろ？」

あっ、と有が慌てて出張カートのグリップを握った。

「気をつけてな」

「うん、ありがとう。行ってきます」

バタン、とドアが閉まった。

このマンションに有と一緒に引っ越しをして五年になる。大学を卒業して、ごく自然に同居しようという流れになった。

有は収入に波があり、道隆は新卒だったので住居費に出せる金額から選択肢はほとんどなく、この古いマンションで同居を始めた。広さこそそこそこあるが、天井が低くて設備はなにもかも旧式、しかもしょっちゅう不具合が起きる。お互い収入もそれなりに上がったので、引っ越しするか、という話になった。

そして道隆は、引っ越しを一区切りとしてそろそろ有を自分のパートナーだと両親に紹介したいと考えていた。

「そんなの、わざわざ報告しなくても誰もなにも困らないじゃん」

有が尻込みする気持ちはわからなくもない。道隆の家族はなにからなにまで「普通」だ。同性の、それも特殊バース性のパートナーを息子が連れてくるなどとは想像したこともないだろう。道隆のほうでも有の両親が内心アルファの伴侶《はんりょ》を得てほしいと思っているであろうことは察している。

好きな人の家族に歓迎してもらえないのはさみしいことだ。

「俺なんか連れてったら、道隆の家族びっくりするだけだよ」

今までも何度か提案したが、有はそのたびに後ろ向きな態度を取り続けている。道隆としてもなにがなんでも紹介しなくてはならない理由はないので、それならしょうがない、で流してきた。

「でもなあ」

ドアの向こうで有の足音が遠ざかり、道隆は小さく唸《うな》った。

同居を始めたときには気恥ずかしさもあって、友達と部屋を借りることにした、とだけ報告した。それまでバレー部の宿舎生活をしていたこともあり、両親は「生活費も安くつくし、友達と一緒のほうがなにかと安心だ」と受け止め、今もその認識でいるはずだ。

それでも同居を始めて五年以上が過ぎ、次の引っ越しでも同じ友人と同居を続行すると言えば、多少の引っ掛かりは感じるだろう。有をパートナーだと紹介するのにはいい機会だ。

恋人、といううつろいやすい関係から、今では人生を分かち合う相手だという確信がある。

嘉納が現れ、さらにその思いは強くなった。

有が男性オメガである以上、いつか特殊バース性の繋《つな》がりを持つ相手が現れるかもしれない、という不安は常にあった。

つき合い始めは恋愛初期特有の情熱、そのあとは積み重ねてきた信頼が不安を打ち消してくれたが、有が嘉納をはっきり拒否してくれたおかげで、今はその漠然《ばくぜん》とした不安も完全に消えた。つまり、逆に言えば焦《あせ》る必要もない。

「まあ、気長に説得するか」

独り言で完結し、そろそろ行くか、と戸締まりをしようとしたときにモバイルフォーンが鳴った。

会社で使っているパブリックアドレスにメッセージが来ている。なにげなく画面に目をやって、道隆は「ん？」と相手の名前を確認した。

——嘉納統也《とうや》。

今まさに思い返していた名前だ。

あの夜、有を連れ去った男《アルファ》の横顔が目の前に蘇《よみがえ》り、道隆は驚きで棒立《ぼうだ》ちになった。

目の前で有を連れ去られたときの怒りと絶望と無力感は、今でも生々しく記憶に残っている。

あれからもう半年が過ぎた。

嘉納と有は今でも仕事上で繋がってはいるが、直接やりとりするようなことはなくなっているはずだ。

「――なんの用事だ？」

最初の一撃のような驚きが去ると、抑えきれない腹立ちと疑念が湧いてきた。パブリックアドレスに、肩書なしでメッセージを送ってくる傲慢《ごうまん》さがまさにアルファだ。

道隆は乱暴にアイコンをタップした。メッセージは簡潔だった。

〈先日は君のパートナーに失礼なことをした。君にも一言謝罪がしたいので、時間をもらえないだろうか〉

メッセージはそれだけで、フレンチらしいレストランの予約ページが添付されていた。候補日時がずらっと並んでいて、道隆がどれかにチェックを入れればそれで予約が完了するシステムのようだ。

「先日って、半年前だぞ」

謝りたいというわりに有無《うむ》を言わさない対応だし、文面ににじみ出る尊大さにも腹が立つ。

それでも道隆は一番近い日時にチェックを入れた。

誘いを無視して逃げたと思われたら業腹《ごうはら》だ。なにより嘉納がなんのために今さら会食を申し出て来たのか、その真意を知りたかった。

謝罪をしたいなどという見え透いた口実で接触してきた理由を見極めたい。

2

有《ゆう》が出張に出て二日目の夜、道隆《みちたか》は会社帰りに指定されたレストランに出向いた。敷地のゆったりとした一軒家の店で、駐車場には送迎車が何台も停まっている。タクシーを降りると、アプローチで待機していたスタッフが近寄って来た。

「いらっしゃいませ」

「七時に予約している保住《ほずみ》です。嘉納《かのう》さんとお約束しています」

インカムでなにか確認してから、「どうぞ」とにこやかに店内に誘導された。

「いらっしゃいませ、保住さま。お待ちしておりました」

店内ではまた別のスタッフが現れた。

ほっそりとした身体つきの美しいギャルソンは、優雅に目礼して微笑《ほほえ》んだ。

「こちらです」

天井の高いホールから、レストランフロアには向かわず、ギャルソンは絨毯《じゅうたん》敷きの廊下を歩き出した。クラシカルなシャンデリアや壁面《へきめん》にかかった抽象画《ちゅうしょうが》がヨーロッパの邸宅を思わせる。

「嘉納さま。保住さまがお見えです」

一番奥の重厚《じゅうこう》なドアを開けると、ギャルソンが恭《うやうや》しくお辞儀をして道隆を通した。

嘉納はすでにテーブルについていた。

射貫《いぬ》くような強い視線を向けてくる相手を、道隆は素早く観察した。仕事の指示でも出していたのか、嘉納はインカムをつけて空間デバイスに向かっていた。猛禽類《もうきんるい》を思わせる威圧感抜《ばっ》群《ぐん》の容貌《ようぼう》に、足を組んだ尊大な態度がアルファを体現している。

「どうぞ、座ってくれ」

インカムを取ると、空間デバイスがぶん、と振動《しんどう》して消えた。嘉納はゆったりとした仕草で椅子に座り直した。

「初めまして、保住です」

嘉納があまりにも世間のイメージ通りの男だったことで、道隆はかえって腹が据《す》わった。

「今日はお呼び立てして申し訳なかった」

こんなに申し訳ないとは微塵《みじん》も思っていない、とわかる態度もないな、と思いながら道隆も「いえ」と短く返した。

「コースを頼んだが、なにか苦手な食材はあったかな」

「特にありません」

テーブルが広いのでかなり距離があるが、嘉納は低い響きのある声をしていて、聞き取りやすかった。人に命じる立場に生まれてきた人間の声だ。

「先日は、君にも、君のパートナーにも、失礼なことをした」

ギャルソンが飲み物を確認して下がっていくと、嘉納が切り出した。

「もう半年も前のことですし、詳細は有から話を聞いています。あなた方の体質について理解しきれているとは言えませんが、不可抗力《ふかこうりょく》だったということで了解しています」

淡々と応じると、嘉納が眉を上げた。

「不愉快な思いをさせて悪かった。謝罪が遅くなった点についても謝る」

「いえ。むしろ嘉納さんのおかげで有はフェロモンが不活性化しているわけですから、感謝しています」

やや皮肉な物言いになったが、率直な感想だ。

「なるほど」

嘉納がわずかに口角《こうかく》を上げ、観察するようにじっと視線を合わせてくる。道隆は撥《は》ねつけるように見返した。嘉納が呼び出したのは自分を値踏みしようという意図かららしい、とわかって不快だった。

有のパートナーとしてふさわしい男かどうか。

それを決める権利は有にしかない。

強引に連れ去られ、でも有は自分の意思で道隆のところに戻って来てくれた。それが答えだ。

ふざけんじゃねえぞ、と無言で目に力をこめる。嘉納は表情を変えなかった。

「お待たせいたしました」

張りつめた空気を破るように、軽やかな足取りでギャルソンが入って来た。

アミューズは黒い皿に映《は》える色とりどりの野菜で構成されていた。見たこともない不思議な色の根菜《こんさい》や葉野菜にそれぞれソースが添えられている。アート作品のようだ。手のかかった一皿だということはわかるが、道隆から見ると「しょせん野菜」だ。

嘉納の目的はわかった。どうジャッジされようが自分には関係がない。

さっさと食おう、と道隆はカトラリーを手に取った。

「君は学生時代、バレーボールの選手だったそうだな」

嘉納がゆったりと話しかけてきた。

「ええ。競技は学生で引退して、今はメーカー勤務で、営業戦略課所属です。ご存じでしょうが」

アルファ特権を使えば、八束《やつか》有のパートナーの素性《すじょう》を調べることなど、嘉納には造作《ぞうさ》もないことだ。嘉納が苦笑した。

「勝手に調べさせてもらって失礼した」

「調べられて困ることはなにもありませんから大丈夫です。ただパブリックアドレスに個人的な連絡を入れるのは以後控えていただけるとありがたいです」

「了解した」

本来じっくり時間をかけて愉《たの》しむのだろうが、道隆は出される皿をさっさと片づけていった。魚料理も肉料理も確かに旨《うま》いが、ほんの三口ほどで終わってしまう。

「いい食べっぷりだ」

「こういう店には馴染みがないので、マナー違反をしていたらご容赦《ようしゃ》ください」

「いや」

嘉納がふっと笑った。

「プライベートで会食をする機会があまりないので、ついいつもの癖でここを指定した。もう少し君の好みを考慮すべきだった」

悠然とした物腰には反発を感じるが、役者が違うのでそこは仕方がない。

「八束君とは今後も仕事で会うだろうが、もう彼の意思を無視して理不尽に迫《せま》ったりはしない。安心してほしい」

食事が終わり、嘉納がしめくくりのように言った。

「わかりました」

安心もなにも、有の気持ちが揺らぐことはないと確信している。不安なんかねえよと心の中で言い返しつつ、それでも一応うなずいて、道隆は膝のナプキンを軽くたたんだ。

「今日はごちそうさまでした」

「会えてよかった。ありがとう」

思いがけず、嘉納が立ち上がって握手を求めて来た。

「こちらこそ、ありがとうございました」

近寄ると、目線の高さはほぼ同じで、手は若干《じゃっかん》道隆のほうが大きかった。

「八束君によろしく」

嘉納が言い終わるのを待っていたかのように空間デバイスが点滅した。ぶん、と振動がして透明のスクリーンが広がる。嘉納がインカムをつけた。

自分との会食など、嘉納にとっては他の用事の片手間仕事というわけだ。道隆は「失礼します」と軽く会釈をして部屋を出た。

ずっと腹を立てっぱなしだったが、部屋を出てほっとしている自分に気づき、やはり緊張していたのだと苦笑した。

あれが「嘉納」か。

今出てきたばかりの個室を半《なか》ば無意識に振り返った。アルファを体現するような尊大な目つきや態度を思い返し、道隆は小さく息をついた。

値踏みするために呼び出された、と腹を立てていたが、彼と対面したことで胸が軽くなっている。どういう男なのかと想像しているうちは落ち着かないが、会ってしまえば納得がいく。

嘉納が半年も経ってから自分と会おうとした意味がわかった気がした。

有を手に入れ損《そこ》なって、嘉納なりに心の整理をつける時間が必要だったのだろう。その上で有が選んだ男と対面して区切りをつけようと考えたのではないか。握手を求めてきたとき、嘉納はこれで前に進める、というような安堵の表情を浮かべていた。

確証はないが、おおむね当たっているはずだ。

「お車をお呼びしましょうか」

エントランスまで誘導してきたギャルソンがにこやかに声をかけてくる。

「お願いします」

「こちらでお待ちください」

華奢《きゃしゃ》な身体つきの美しい彼のことも、道隆は気になっていた。彼はどうやら嘉納の担当らしく、ちょっとした会話からも長年の馴染みなのだというのが伝わってきた。そして道隆と嘉納の関係に気づいたあたりから、明らかに道隆のことを意識していた。たぶん、有も何度かこの店に連れてこられているのだろう。

アルファからオメガを横取りしたベータ。

隠そうとしていてもそんな好奇心が透けて見え、不愉快だった。

「またのお越しをお待ちしております」

車が来た、と呼びに来たギャルソンは、あでやかな微笑みを浮かべてお辞儀をした。

もう二度と来ることはないなと思いながら、道隆も軽く会釈《えしゃく》を返した。

3

その夜、シャワーを浴びて出てきたタイミングで有《ゆう》から着信が入った。

〈道隆《みちたか》、道隆、スクリーンつけて。顔見せて〉

「ちょっと待て」

フォーンから有の情けない声が流れ出て、道隆は頭を拭《ふ》きながら寝室に移動した。最近買ったばかりの空間デバイスをオンにする。

〈道隆ぁ～〉

うらぶれたビジネスホテルの一室を背景に、Tシャツ姿の有が現れた。

「どうした」

〈疲れたよう。もう帰りたい。もうやだ〉

泣き言をいいながら、手元には安いカップ酒とつまみがあって、そこまで本気で落ち込んでいるわけではなさそうだ。本当にダウンしてしまうと、有は何も喉《のど》を通らなくなる。

「うまくいかなかったんか」

〈保留保留保留、検討検討再検討、持ち帰ってもう一度話し合い〉

「なるほど」

今回は地域活性化プログラムの情報システム部会に食い込もうと頑張っているようだが、地方自治体のスピード感は道隆にも想像がつく。根回し文化と前例主義がはびこっているところに突っ込んでいくのだから、ある程度はしかたがない。

「地道にやるしかねえよ」

〈そうなんだけどさー。あーあ、会食も疲れた。緊張して食った気しなかった。道隆は？　今日なに食べた？〉

「フレンチのコース」

〈えっ、フレンチ？〉

嘉納《かのう》から連絡がきたのが有の出張初日だったので、話すタイミングがなかった。

〈いいなー。なんで？　接待？〉

「嘉納さんが、有をあんなふうに攫《さら》ってったの謝りたいって会社のアドレス調べて連絡とってきた」

有の口がぽかんと開いた。

〈ちょっと待って、嘉納さんって、あの嘉納さん？〉

「その嘉納さん」

〈は？　え？　なんで？〉

有がカップ酒をこぼす勢いで驚いている。

〈会ったの？　嘉納さんに？〉

「高そうなフレンチの店に呼びつけられて、やたらツンとした美形のギャルソンに案内されて、王様みたいなアルファ様と対面でメシ食った」

〈えぇーびっくり！　でも、なんで？〉

「有の男がどんだけのもんか、自分の目で確かめたかったんだろ。ムカついたけど、まあ俺もアルファさまの顔見てなんか納得したからお互いさまだ」

〈えー……、なんか、ごめんね〉

有が困ったように謝った。

「別に、有のせいじゃない。それよりギャルソンがうざかった。やたらきれいな顔でつんとして」

〈あー、その人、俺も知ってるかも。嘉納さんの担当なんだよね、たぶん〉

ようやく動揺がおさまったらしく、有がカップ酒を一口飲んだ。

「こいつベータのくせにアルファが目ぇつけてたオメガとつき合ってるのかって興味丸出しで、腹立った」

〈いや、あの人は嘉納さんのこと好きなんじゃないのかな〉

有が思いがけない考察をした。

〈なんとなく、そんな気がするんだよね。んで、自分はベータだしって諦めてたんだと思う。

だからベータがオメガとつき合うこともあるのかってびっくりしたんじゃない?〉

「なんだ、そうか」

〈ただの憶測だけどね〉

そう言われてみると、隠しきれずにそわそわしていた様子には、ただの好奇心以上のものがあった気がする。

〈嘉納さんも、あれでけっこう面白い人なんだよ〉

「あれで?」

嘉納の肩を持つような発言には、つい声がきつくなる。

〈そりゃまあ、ちょっと感じ悪いっていうか、偉そうだけど、それはアルファなんだし〉

不機嫌になったのを見取って有が首をすくめた。話しているうちにうまくいかない商談に消《しょう》耗《もう》していたのがだいぶ持ち直したようで、目に力が戻っている。

〈あー、やっぱ道隆の顔見ると元気出るなー。ねえねえ、俺のこと好き?〉

「ああ、好きだ」

〈うひ〉

自分で訊いておいて、毎回変な声を出して照れる。

〈俺もね、道隆のこと超好き!〉

満面の笑みを浮かべている有に、可愛いな、と飽きずに思う自分もまあ似た者同士だ。

〈あー早く帰りたいなー〉

「あと三日だな」

〈明日あさっては遅くなるから連絡入れられないけど、心配しないでね。帰る時間わかったらすぐ連絡するから〉

「無理すんなよ」

〈うん。帰ったら一緒に寝ようね〉

有が悪戯《いたずら》っぽく言った。

〈俺がいないと道隆、寝るときに困るだろ?〉

「だから早く帰ってこいよ」

素直に応えると、抱き枕にしている恋人が満足そうに笑った。

初めて有を抱きしめたとき、道隆はあまりにしっくりくるサイズ感に驚いた。

抱き心地がいい。あまりにいい。

どうしてこんなに、と驚いて、離せなくなった。

お互いに太ったり痩《や》せたりはあったし、道隆はほんの少しだが背も伸びた。それでも有を抱きしめたときの絶妙なフィット感は変わらなかった。今でもセックスとは関係なく、眠る前には必ず有を抱きしめる。有も当たり前のように抱き着いてきて、安心したようにため息をつく。

眠りに落ちてしまえば二人とも寝相はよくないのでキングサイズのベッドをごろごろ移動して

しまうが、眠る前には必ずくっついて寝るのが習慣だった。

有は柔らかくてすべすべしていて、いい匂いがする。

本人はあまり自覚していないが、睫毛《まつげ》の長い可愛い顔をしていて、初めて出会った大学でも部活の先輩たちの間ではちょっとした話題になっていた。

「情報技術部のオタクの中に、ひとり可愛いのいるよな」

「ああ、一年の八束《やつか》？　あれ男だけど可愛いわ」

「女っぽいんじゃないのに、なんかそそられるっつうのか」

入学したばかりの五月には、もうそんな話になっていた。文化部のクラブ棟とバレー部が練習をする第二体育館は中庭を隔《へだ》ててすぐなので、ちょくちょく顔を合わせる。

下卑《げび》た笑いを交えて噂されているのも知らず、有は倉庫の片づけやイベントの物品搬入《はんにゅう》のときなど、無邪気に「手伝ってくれませんか」とバレー部員に頼んでいた。

その時点では「男に媚《こび》売って力仕事させようって魂胆《こんたん》か？」と誤解して眉をひそめていたが、すぐ有にはまったくそんな意図はないのだとわかってきた。そもそも有は自分がどんなふうに見られているのかわかっていない。

内向的な情報部員たちの中で唯一物怖《ものお》じしない性格なので、外部との交渉や打ち合わせなどを一手に引き受けているようだった。学部のほうでもなにかと取りまとめ役をやっていて、人前で話をしたり交通整理をするのが苦にならないらしい。

特に注目していたわけではないのに、なぜか有の姿が目について、有のほうでもなにが気に入ったのか「保住《ほずみ》、保住」と近寄ってくる。先輩連中が面白半分につついてくるのが鬱陶《うっとう》しいので迷惑だったが、そっけなくしても有はまったく気にしない。顔に似合わず図太いようで、だんだん面白いやつだな、と思うようになった。

有は童顔で、皮膚が薄いのか、いつも頬が軽く上気《じょうき》していた。さらになにかに夢中になるとおでこにうっすら汗をかく。話しかけてくるときも上を向いて一生懸命で、端的《たんてき》にいって、可愛かった。

ずっとバレー漬《づ》けの生活をしていて、何度か告白されたりはあったが、道隆は恋愛沙汰《ざた》には興味がなかった。

一度だけ、他校のバレー部女子に強引に迫《せま》られ、断るのが面倒くさくてつき合うことになった。ちょうどその頃大きな怪我をして、他に気持ちを向けたかったこともある。そのあと無事部活に復帰して、道隆としては練習優先を理解してもらっていたはずなのに、しばらくして彼女の友人たちにヤリ逃げするのかと集団で詰められた。すったもんだのあげくに別れたが、心底うんざりして、それからははっきり女子は避けるようになった。

それなのに、有には本当に自然に心を惹《ひ》かれた。

自覚しないうちに好意が膨《ふく》らみ、それが本来は異性に抱く種類のものだと気づいたのは、有に告白された瞬間だった。

「俺、保住のこと好きだ」

有に告白されたのは、夏だった。

その少し前から、道隆は原因不明の足の不調で鬱々《うつうつ》としていた。高校時代に膝をやってしまい、内定していたスポーツ推薦《すいせん》がふいになったが、そのときはリハビリすれば必ず元に戻れるという確信があったのですぐ立ち直ることができた。

でも突然足の力が抜ける感覚は怪我とはまったく違う。評判のいいスポーツ外来を紹介してもらったり、膝を怪我したとき世話になった専門医に相談したりしたが、結局原因はわからないままだった。心理的なものではないか、と結論づけられて、道隆はさらに追い詰められた。踏み切りで力が抜けると転倒につながる。自分だけならいいが、接触して他の選手を巻き込んでしまうのが一番怖かった。

有の告白は、そんな悩みでいっぱいいっぱいになっていた道隆を、まったく別方向に引っ張り上げてくれた。

有が男性オメガだったという事実にも、心を動かされた。

特殊バース性については、自分には関係のないことだ、と道隆はさして興味もなかったし、知識もなかった。それでもオメガ、それも男性オメガの直面するであろう困難は容易に想像がつく。いつもあっけらかんと明るくて、人懐《なつ》こいとばかり思っていただけに、有が抱えていた秘密に、道隆はなんともいえない気持ちになった。

「つき合おうぜ」

自分の体質を知りたくて一回だけアルファと寝たことがある、でも俺が好きなのは保住で――、と今にも泣き出しそうな顔で一生懸命打ち明けている有に、道隆は手を差し出した。有は真っ赤な顔で手を握り、道隆は衝動的にキスしてしまった。

唇が触れただけのキスだったが、道隆の中で、その瞬間、有はかけがえのない恋人になった。

一時的にでも悩みを忘れると、心に余裕が生まれる。心に余裕が生まれると、自分ではどうすることもできない悩みを「どうすることもできない」と俯瞰《ふかん》で見られるようになる。

有とつき合うようになって、道隆は自分があまりにも狭い世界にいたことに気がついた。

考えてみれば、部活最優先の生活で、バレーボールと関係のない人間関係がほとんどなかった。有に「なんであの人はスパイク打たないの?」と無邪気に質問されたときは軽く衝撃を受けた。有はリベロというポジションを知らなかったし、ラリーやボールアウトのルールも理解していなかった。

バレーボールにはさして興味のない人が、この世にはたくさんいる。

そんな当たり前のことに気がついて、道隆は不思議な解放感に包まれた。

部活の休養日、有と公園でストレッチしたり、フリスビーをして遊んだ。一緒に料理をして、配信サービスで映画を見て、有の育てている観葉植物の植え替えを手伝った。しょっちゅうキスをして、たまにそれ以上のことをして、クリスマスには初めてホテルに行った。もちろん部活最優先のスタイルは変えないし、有も応援してくれた。

足首の不調とは根気よくつき合おうと決めると、競技に対するスタンスも変わった。プレーに幅《はば》ができた、と評価されるようになり、自分でも試合の流れが以前より読めるようになったと感じる。

「道隆、めぇーっちゃくちゃカッコよかった‼ 最高だった‼」

有は練習試合を見に来るたびに心底感動してくれたが、途中交代になることが少しずつ増えていった。

情熱は冷めないのに、現実は容赦《ようしゃ》なく変わる。

これ以上チームに迷惑をかけたくない、と引退を決めたのは、三年の夏合宿の前だった。

「これからは庶務《マネージャー》やることにした」

チームに愛着はあったから、サポートに徹《てっ》することにしたと有に報告すると、有は黙って抱き着いてきた。薄々予感していたのだろう。

「カッコいいって言ってくれてたのに、ごめんな」

有が激しく首を振って、声をあげて泣きだした。自分がどれほどバレーボールに打ち込んでいたのか、有はわかってくれている。

夏の夜だった。抱きしめた有の身体は汗ばんでいた。

有に告白されたときと同じ、中庭の隅にある誰も来ない倉庫の陰で、しばらく有を抱きしめていた。

わんわん泣いている有に、なんで俺より泣いてんだよ、とおかしくなって、道隆も少しだけ泣いてしまった。

それまでの人生の大半をバレーボールに費《つい》やし、情熱の全部を注《そそ》いできた。ジュニアとユースで日本代表に選ばれ、将来は実業団を目指していた。頭の中はいつも競技のことでいっぱいで、バレーボールがすべてだった。

こんなふうに終わるのか、とどこか呆然としていたが、泣きじゃくっている有を抱きしめていると、それでも人生は続いて行くんだな、と自然に受け入れることができた。

「俺、就職するのやめた」

逆に、有が仲間と起業を決めたときは、不安にこわばっている有を抱きしめて「俺がいるだろ」と言ってやれた。

「俺は普通に就職するから、いざとなったら俺が有を食わせてやるよ」

噂には聞いていたが、ある程度名前の通った私大名と体育会所属のエントリーシートは就活《しゅうかつ》において最強のようだった。ほとんど就活らしい就活もしないうちに内々定が複数社から来てしまい、OBルートで一番自分に合っていそうな企業に就職を決めていた。

「だから心配すんな。有には俺がついてるだろ?」

「うん。俺泣き言ばっか言ってごめんね」

「好きなだけ言えよ。聞き流してやるから」

「えっ、なんだよ聞き流すのかよー」

ひどい、と笑った有をぎゅっと抱きしめると、それでなにもかも解決した。

自分の存在が、有を支えている。

その実感がまた自分を支えてくれる。

お互いなんの遠慮もなく、辛《つら》いことや不安なこと、腹の立つことや悲しいことを打ち明け合ってきた。嬉しいこと、面白かったこともちろん共有する。

有はいちいち一緒に怒ったり笑ったりするし、道隆はだいたい「ふーん」で流す。それでよかった。ただそばにいればエネルギーが勝手にチャージされる。

自分はたぶん、この上なくぴったりくる相手を見つけたのだと思う。

道隆の人生において、有は最強のカードだった。

4

四泊五日の出張を終えて、明日の夜には有《ゆう》が帰ってくる。

まだ帰宅時間の連絡はないが、今晩のうちになにか有の好物の仕込みをしておこう、と道隆《みちたか》は会社帰りに少し遠回りをして買い物することにした。普段利用している近所のスーパーでは手に入らない食材を置いているので、たまに足を伸ばす店だ。

「――あの」

珍しいスパイスに気を引かれて、あれこれ手に取って眺めていると、突然後ろから声をかけられた。

「失礼ですが、保住《ほずみ》さま、ですよね」

「え？」

振り返ると、周囲に光を撒《ま》き散らすような美形が立っていた。誰だ？　と驚き、すぐに思い出した。

「ああ、この前の」

嘉納《かのう》に呼び出されたレストランにいたギャルソンだ。きれいにセットしていた髪をラフに下ろし、黒のカットソーとデニムというカジュアルな格好のせいですぐにはわからなかった。

「偶然ですね。その、驚きました」

彼がためらいがちに笑顔を浮かべた。

「はあ」

確かに驚いたが、わざわざ声をかけてくる意味がわからない。先にこっちが気づいたとしても、道隆はスルーしていたはずだ。

「あの、ご迷惑だとは思いますが、少しだけ、お時間をいただけないでしょうか…？」

「は？」

思い切ったように頼まれ、さらに驚いた。

「そんなにお時間はとりません。本当に少しだけ、お聞きしたいことがあるんです」

急に目つきが真剣になり、その必死の空気に有が言っていた「あの人は嘉納さんのこと好きなんじゃないのかな」が閃《ひらめ》いた。

「お願いします！」

「ちょ、止《や》めてください」

「本当にちょっと、五分でいいんです」

食品棚の通路で深々と頭を下げられ、道隆は慌てた。

「わかりました。じゃあ、そこで何か飲みましょう」

輸入食品売り場の隣に、簡易な喫茶《きっさ》コーナーがある。試飲《しいん》もかねてセルフ式でお茶類が飲めるので、一緒に買い物にくるたびに有は喜んでフレーバーティーを飲んでいる。

中途半端な時間帯で、コーナーには誰もいなかった。

「私は伊吹《いぶき》と申します。あの、お忙しいのに、本当にすみません…」

それぞれ飲み物を調達《ちょうたつ》し、通路側の二人掛けに落ち着いた。今さら声をかけたことを非常識だったと後悔しているのか、伊吹と名乗った彼はためらいがちに頭を下げた。

「それで、聞きたいことっていうのは」

まだるっこしい前置きは飛ばしてくれと目で促《うなが》す。伊吹はごくりと唾《つば》を飲み込み、覚悟を決めたように口を開いた。

「――失礼ですが、保住さまはベータですよね？」

「そうですよ」

やはりか、と予想通りの質問をされて内心でうんざりした。

「それで、パートナーの方は…その、特殊バース性の方、ですよね。嘉納さまが何度かお連れになっていた」

「ええ」

客の会話が耳に入ってくるのは仕方がないとはいえ、こんなふうに話を持ちだすのは明らかなルール違反だ。もちろんそんなことは充分自覚しているだろう。伊吹は言いづらそうに、それでも質問してくる。

「あの、ど、どういった経緯《けいい》でおつき合い、されるようになったのか…、お聞きしてもいいでしょうか」

「どういったもこういったも、普通に大学の同級生ですよ」

「最初から、お相手が特殊バース性だと知っていらしたんですか？」

「あれえ？　道隆？」

不躾《ぶしつけ》な質問の連続にむっとしていると、突然、聞き慣れた声が遮《さえぎ》った。

「有？」

「どうしたの、えっ、あれ？」

びっくりしたが、有も目を丸くして近寄ってくる。

「出張、明日までじゃなかったのか？」

有はスーツに出張用のカートを引いていて、明らかに今帰って来たばかりだ。

「うん。でも明日の予定がキャンセルになっちゃって、道隆驚かせようと思って帰って来たんだけど…」

返事をしながら、有は伊吹と道隆を見比べている。

「えっと、こんばんは。嘉納さんと食事したお店のかた、ですよね？」

伊吹も驚いていたが、有に話しかけられて、慌てたように立ち上がった。

「はい。私、伊吹と申します。偶然、そこで保住さまをお見かけしまして、失礼とは思ったのですが、お声がけをして…」

「なんか聞きたいことがあるからって」

横から口を出すと、有は驚きながらもうなずいた。

「そうなんですか。あの、僕も一緒にいいですか？　ここの紅茶、フレーバーティーが美味《おい》しいんですよね」

有は伊吹に断って、道隆にカートを押し付けるといそいそとオートマシンに向かって行き、ペーパーカップを手にすぐ戻って来た。

「それにしてもすごい偶然ですねえ。ここで買い物されてたってことは、もしかしてご近所なんですか？」

有のほがらかな言動に、緊張していた伊吹の肩からふと力が抜けた。有は隣の席の椅子を引っ張ってきて、道隆の隣に座った。

「うちはちょっと離れてるんですけど、たまに来るんですよ。スパイスとか珍しいの置いてるから。あっ道隆、もう晩ご飯食べた？　俺まだだからディナーパック買って帰ろうと思って寄ったんだよ。あとチーズの味噌《みそ》漬けと。伊吹さんはここの味噌漬けご存じですか？　美味しいですよ、おすすめです」

出張明けの有は、いつも解放感から若干《じゃっかん》ハイになる。今のテンションも「はー、やれやれ」からきているのだと道隆にはわかっていたが、伊吹はいきなり饒舌《じょうぜつ》に話しかけられてやや戸惑っている。

「あ、すみません」

目でたしなめると、有が気づいて首をすくめた。

「それで、道隆に訊きたいことっていうのは、何だったんですか？」

有が改めて伊吹と道隆を交互に見やった。

「俺と有の馴《な》れ初《そ》め訊かれた」

口ごもった伊吹の代わりに答えると、伊吹が真っ赤になった。

「すみません、いきなり」

「いえいえ。道隆とは大学のとき同じ学部で知り合ったんですよ」

「今、保住さまからも伺《うかが》いました」

「ベータとオメガがつき合ってる、って珍しいですもんね」

カップに口をつけて、有がにこっとした。

「す、すみません、不躾に」

伊吹が身体を縮める。店で会ったときの伊吹はいかにも気が強そうだったので、こっちが彼の素なのか？　と少し意外だった。

「伊吹さんって、話してみるとイメージ違いますね」

有も同じことを思ったようだ。

「時々言われます」

伊吹が恥ずかしそうに笑った。

「僕は地元が田舎で、なかなか訛《なま》りが抜けなかったりで委縮《いしゅく》しがちで、でもそれじゃギャルソン勤まらないですから、精一杯堂々と振る舞うようにしてるんです。今はもう訛りも抜けたんですけど、初めの頃はそれも含めて失敗ばっかりで、でも嘉納さまは細かいことは気にされないかたで、…ずいぶん助けていただきました。僕が初めて担当させていただいたお客様が、嘉納さまなんです」

嘉納の名前を口にすると、伊吹の目が急に和《なご》んだ。

「あの、僕らのことが気になったのって、もしかして、嘉納さんに関係してます?」

有が小声で訊いた。伊吹の肩がびくっと反応し、みるみる耳まで赤くなった。

「あっ、あの」

「大丈夫です大丈夫です」

焦《あせ》っている伊吹に、有が慌てて笑顔を浮かべた。

「本当に大丈夫です。誰にも言いませんし。ねっ、道隆」

「そもそも言う相手がいねえわ」

「そうそう、そうです」

有の作り笑顔に、伊吹もほんの少し笑って椅子に座り直した。

「すみません、お忙しいのにこんな急にお声がけしてしまって。もう嘉納さまにお会いすることもないんだなあってぼんやり考えていたもので、保住さまを突然お見かけして、なんだかこう、衝動的に…」

「ん? 嘉納さんにもう会わないっていうのは?」

「今月いっぱいで今のお店は辞めるんです。他店に移ることになっていて」

驚いたが、隣の有も目を見開いた。

「それ、嘉納さんはご存じなんですか？」

「いいえ。最後のご来店時に引き継ぎの後任を紹介することになっていたんですが、急用ができたとのことでキャンセルされてしまったので、……たぶんこのまま」

伊吹は諦めたように笑った。

「本当に、失礼しました」

勝気な美貌のギャルソン、という認識だっただけに、その悄然《しょうぜん》とした様子に妙な同情心が湧《わ》いてしまった。ちらっと有を窺うと、有もなにか考え込んでいる。

「お別れも言えないままじゃ、それは心残りですよね」

有が言うと、伊吹は「いいえ」と首を振った。

「お二人にはご迷惑だったと思いますが、話を聞いてもらえてよかったです。誰にも言えなくて辛《つら》かったのもあったので」

「僕たちでよければなんでも聞きますよ」

有はすっかり伊吹に肩入れしている様子だ。

「ちなみに、あの偉そうなアルファのどこに惚れたんですか」

疑問に思っていたことを口にすると、ちょっと、と有が慌てたように足を蹴《け》ってきた。

「いてえな」

「いいんです」

伊吹が笑った。

「初恋の人に、似てたんです」

伊吹が照れた笑みを浮かべてペーパーカップに口をつけた。

「僕は実家が野菜農家で、地元に一軒だけあったフレンチレストランに野菜を卸《おろ》してたんですけど、そこのシェフを好きになってしまって。でも、奥さんのいる人に好きだなんて絶対言えないですし、田舎だから僕みたいなゲイは居づらいのもあって、高校出てから都会のレストランで働こうってこっちに来たんです。頑張って担当持たせてもらえるようになったんですけど、さっき言ったみたいに、僕、慌てると訛りが出ちゃって、いつもマネージャーに叱られてたんです。けど、嘉納さんは『伝達に支障がなければ、訛っていても問題ないだろう』って」

突然の伊吹の口真似があまりにも嘉納で、有が噴き出した。

「似てるし、言いそう」

「でも厳しいこともおっしゃるんですよ。食材の産地とか、お答えできないと『失格だ』っていい声で斬られます」

伊吹があくまでも口真似をする。

「声いいんだよね、嘉納さん」

「あの美声で『失格だ』って斬られたら一週間くらい落ち込みます」

「俺も『営業が弱いのも問題だ。中長期の展望も発展性に欠ける』とかって言われて落ち込み

ましたよ！」

　有も調子に乗って嘉納の口真似をした。わざとらしい低音に、今度は伊吹が噴き出した。

「偉そうで怖いし、ちょっと鈍《にぶ》いとこあるけど、いい人ですよね、嘉納さん」

「そうなんです。素敵な方です」

「ふぅーん」

　嘉納についての二人の見解は一致しているようだ。面白くねえな、と意思表示すると、有がにやにやした。

「俺は道隆のほうがいいけどね」

「当たり前だ」

　かぶせるように言い返すと有が可愛い顔で笑う。

「お二人は本当に仲がいいんですね」

　伊吹が羨《うらや》ましそうに言った。

「大学の同級生だった、と伺いましたが」

「そうそう、二年のときからつき合ってて、だからえーと、もうすぐ八年ですね」

「八年！」

「同居して六年だな」

「いいなあ…！」

実感のこもった声に、いよいよ伊吹の印象が変わった。

「うぅーん」

突然有が妙な声をあげた。

「なんだよ」

「いや、なんとかうまくいかないのかなあって思って。伊吹さんと嘉納さん」

伊吹がえっ、と目を見開いた。有が思いつきを口にするのには慣れているが、さすがにいきなりすぎて道隆も呆れた。

「それは、無理ですよ」

伊吹が困惑した笑顔で首を振った。

「お二人みたいにうまくいく場合もあるんだってわかって嬉しかったですけど、でもやっぱり嘉納さまと僕ではあまりに立場が違いすぎます。そんなことはもちろん承知していて、お食事にいらしたときに言葉を交わせるだけで充分だったんです。…でも、やっぱり人間ってだんだん欲が出るんですね。辛くなっちゃって、それもあって以前から打診されてたお店に移ることにしたんです。最後のご挨拶《あいさつ》ができなくなってしまったのは残念ですけど、やはりご縁のない方だったんだって諦めがつきました」

自分に言い聞かせるように最後のほうは呟きになり、伊吹は冷めてしまったカップのコーヒーを一口飲んだ。確かにこればっかりはしょうがねえよな、と道隆もカップを手にとった。

が、有は一人納得いかない様子で腕組みをしている。

「アルファとオメガって、みんなが思い込んでるほど絶対じゃないと思うんですよね。嘉納さん、子どもは別に、みたいなこと言ってたし。アルファってみんな自分の子どもを産ませたがるもんだって思い込んでたから僕もびっくりしたんですけど、でも、自分の子どもがほしいとかじゃないんだったら、オメガにこだわる理由もないでしょ」

「なにが言いたいんだ」

「よけいなお節介《せっかい》かもしれないけど、こうして道隆と伊吹さんがばったり会ったのも縁でしょ。俺が一日出張繰り上がって帰って来たのもさあ」

有がスーツのポケットからフォーンを出した。

「伊吹さん、もし嘉納さんのアポとれたら、みんなで食事をしませんか」

「え、ええっ？」

伊吹が素《す》っ頓狂《とんきょう》な声を上げ、道隆も今度こそ驚いた。

「最後にお別れくらい言いたいでしょう？」

「そ、それは…、そうですけど」

「ちょっと待てよ、いきなりメシ食いませんかって誘うのか？　嘉納さんを？」

啞然《あぜん》としたが、有は当然のようにうなずいた。

「そうだよ？」

「おまえなあ」

「向こうだっていつもいきなり俺たち呼びつけるじゃんか。それに誘ってみるだけならタダだろ？　相手がどういう立場でもプライベートは対等なはずだし」

有の発言に、道隆は虚《きょ》を突かれた。

「——まあ、それはそうだな」

尊大なアルファに反感を抱いていたが、実際のところ、自分のほうから「相手は自分たち庶民とは違う」と卑屈《ひくつ》な考えで見ていたことは否《いな》めない。

「アルファ様を誘ってはならぬ、なんて法律はなかった」

「でしょ？」

道隆が納得すると、有は伊吹に顔を向けた。

「嘉納さんが俺らごときの誘いを受けてくれるかはわかんないですけど、もしうまくいったらご連絡します。コール交換してもらってもいいですか？」

「あっ、はい！」

伊吹が慌ててフォーンを出した。

こういうところが有だよな、と道隆は恋人の横顔を眺めた。可愛らしい童顔につい騙《だま》されるが、有は起業《きぎょう》しようというだけあって、突破力と行動力がずば抜けている。ついでに自分の固定観念にも気づかされた。いくら相手の社会的立場が圧倒的でも、プライベートでは関係ない。

「道隆」

「ん」

伊吹と連絡先を交換し終わると、有がそれじゃ、とこっちを向いた。アイコンタクトでほぼ同時に手を突き出す。

「じゃんけん」

「ほい」

たいていのことはじゃんけんで決める。いつもの習慣でじゃんけんをした二人に、伊吹があっけにとられている。

「ってこれ、どっちがどっち？」

有がグーを出したまま訊いた。

「負けたほうが連絡だな」

道隆はチョキを出していた手でフォーンを取りだした。なんとなく有にコンタクトをとらせたくなかった。

——先日はありがとうございました。八束《やつか》がお世話になっていることもありますし、よければ今度はわたくしどもで嘉納さんを食事にご招待したいのですが、如何《いかが》でしょうか。

「こんなか？　ひとまず俺らだけでアポとるのでいいよな」

「うん」

文面を有に見せ、「あんまり期待しないでくださいね」と伊吹にも念を押してから、その場で嘉納にメッセージを送った。

「嘉納さんは忙しい人だし、そもそも返事来るかなあ」

伊吹とは別れ、買い物をしてマンションに帰ると、有が今さら「伊吹さんがっかりさせちゃうだけだったかも」と後悔し始めた。

「伊吹さんもそこまで期待してねえよ」

「そうかなあ」

が、意外なことに嘉納は二つ返事で誘いに乗って来た。

「えっ、もう返事来たの？」

「なんか、喜んでる感じすらあるぞ」

まさかその日のうちに返信がくるとは思っていなかった。驚いたが、風呂から出てきた有もフォーン画面を見て目を丸くしている。

「ほんとだ」

〈お誘いいただけて光栄だ。八束君とも会えるのを楽しみにしている〉

文面こそ短いが、日程調整用の簡易システムがついていて、翌日からの会食可能な日時がすでに登録してあった。嘉納の意気込みを感じる。

「うわあ、本当にお誘いしちゃったよ！」

今になって有が慌てだし、アルファ殿をいったいどこで接待するんだ？　と道隆も首をひねった。プライベートでは対等だ、と勇ましく招待したものの、まさか行きつけの居酒屋に呼びつけるわけにはいかないだろう。店もアルファオーラを撒《ま》き散らされたら迷惑だ。

『お店は僕が探しますよ』

ひとまず伊吹に報告すると、伊吹も驚いていたが、店については任せてほしい、と請《う》け合ってくれた。

『勉強のためによく友達とあちこち食べに行きますし、知り合いに融通《ゆうずう》つけてもらえるお店もありますから』

嘉納には伊吹と偶然知り合ったこと、彼が店を辞めることになったことを伝え、そんなこんなでその週末、四人で食事をする運びになった。

5

伊吹《いぶき》が予約をとってくれたのは、住宅街の中に溶け込む静かなカフェレストランだった。

「リーズナブルですけど、味は間違いないですから」

フレンチや懐石《かいせき》よりこんな庶民的な店のほうが嘉納《かのう》には新鮮なのではないか、という判断らしい。

「駅から歩いてこれるし、いいですね！　今度俺も打ち上げに使わせてもらおう」

有《ゆう》がはしゃいだ声をあげたのは、伊吹が見てわかるほど緊張していたからだ。駅で三人で合流したときから、伊吹は言葉少なで表情も硬い。

「さすが伊吹さん」

「気に入ってもらえてよかったです」

伊吹がこわばった顔のまま微笑《ほほえ》んだ。

この前はカットソーとデニムのカジュアルな恰好《かっこう》だったが、今日は光沢《こうたく》のあるシャツをきちんと着て、髪もタイトに整えている。美貌《びぼう》のギャルソン、という当初の印象通りだが、接客するときの自信に溢れたスマートさはなく、どきどきしているのが伝わってくるようで、道隆《みちたか》もつい「大丈夫ですか」と声をかけた。

「すみません、なんだか緊張してしまって。大丈夫、です。たぶん」

そう言う声が上ずっている。

「本当にいいお店ですね」

個室に案内されて、有が緊張をほぐそうというようにぐるっと周囲を見渡した。伊吹は庶民的な店だと言ったが、地方の旧家《きゅうか》を移築してアレンジしたとかで、和洋折衷《せっちゅう》の凝《こ》ったインテリアだ。美しいクロスのかかった四人掛けのテーブルはかなり広く、一番上席《じょうせき》を嘉納に残し、その対面に伊吹が座るようにして席についた。

「しょ、正面なんて、緊張します」

伊吹がごくりと唾《つば》を飲み込んだ。

「大丈夫ですよ。しゃべるのは有に任せてたらいいですし。これでも取締役社長で偉い人との会食には慣れてますから」

「だから取締役社長って言わないで。あと『これでも』も余計」

有がわざとらしく不満げに口を尖《とが》らせる。

伊吹をほぐそうという意図は伝わったようだが、あまりうまくいかなかった。伊吹は弱々しく笑っただけで、不安そうにため息をついた。

「こちらでございます」

そうこうしているうちに廊下のほうからスタッフに案内されて嘉納が入って来た。グレイのシャツにスラックスのややラフな格好だが、相変わらず眼光鋭《がんこうするど》く、ものすごい威圧感だ。個室が急に狭く感じてしまい、驚いた。

「すまない。遅れただろうか」

「いえ、時間通りです」

反射的に伊吹が立ち上がり、有も腰を浮かせかけるのを、嘉納は鷹揚《おうよう》に手で制した。芝居がかった仕草も嘉納がするとサマになる。

道隆は軽く会釈《えしゃく》だけした。

勝手に嘉納の属性に反感を持ったり卑屈《ひくつ》になったりしていた自分に気がついて、今日は極力自然体でいられるようにしようと決めていた。

「久しぶりだな、八束《やつか》君」

嘉納は悠然と席についた。相変わらずの低音の美声だ。

「本当に、お久しぶりです」

「元気そうだ」

「はい、嘉納さんも」

有と嘉納の間には、もう特別な感情は存在しない。

確信していたが、それでも実際の二人が交わしたあっさりとしたやりとりに、道隆はやはりほっとした。

「それにしてもプライベートで食事に誘われることなどないから、驚いた」

料理はお勧めでおのおの飲み物を注文し、スタッフが下がると、嘉納が妙にしみじみと呟いた。

「嘉納さんにはいつも有がお世話になっていますし、先日は私までご馳走《ちそう》になってしまいましたから。伊吹さんと偶然知り合ったって縁もありますしね」

道隆が言うと、嘉納は伊吹を見やった。

「君、店を辞めるそうだな」

「はい。嘉納さまのご予定が変わって最後のご挨拶《あいさつ》ができなかったと残念に思っていましたので、こうしてご挨拶の機会がいただけて本当に嬉しいです」

伊吹は背筋を伸ばして、まっすぐ嘉納のほうを向いている。

「君にはずいぶん世話になった」

「とんでもございません」

「伊吹さん、今仕事じゃないんだから、そこまで畏《かしこ》まらなくてもいいんじゃないですか？」

有が遠慮がちに口を挟んだ。

「呼び方も、嘉納さんでいいですよね？」

「ああ、もちろんだ」

有の確認に、伊吹がえっ、と戸惑った。

「今はプライベートだって、嘉納さんも今そう言ったし。メシ食うのに畏まらなくてもいいでしょ」

道隆の発言に、嘉納がうなずいた。

「俺も伊吹君と呼ぼう」

嘉納が「私」から「俺」に変えて、楽しげに伊吹を見やった。伊吹がみるみる真っ赤になる。彼のときめきと高揚《こうよう》が伝わってきて、道隆は有とアイコンタクトでアシストチームとしての結束を確認し合った。

「お待たせいたしました」

料理が運ばれてきて、そこからはなごやかに食事を楽しんだ。

「今日はゆっくり食べるじゃないか」

格式張ってはいないが、意外な食材の組み合わせや斬新な盛り付けが面白く、味わって食べていると、隣の嘉納がなにげなく言った。一瞬「お、厭味《いやみ》か？」と思ったが、そうでもなさそうで、やりとりを聞いていた伊吹がふふっと笑った。

「本当ですね、今日はゆっくりだ」

「なになに？」

有が興味を持って話に入ってくる。

「保住《ほずみ》さん、うちの店では猛烈《もうれつ》な勢いで召し上がって、厨房《ちゅうぼう》が大慌てだったんですよ。嘉納さま…、嘉納さん、がペースを合わせてくださって助かりましたが」

「あっ、道隆早食いしたんだ？」

一瞬首をかしげたが、有はすぐに意味を悟《さと》って非難の目になった。幼稚な行いだったという自覚はある。道隆は首をすくめた。

「長居してもしかたねえし」

「だからって、失礼だし迷惑だよ」

「すみませんでした」

素直に謝ると、伊吹は笑みを浮かべたが、嘉納は怪訝《けげん》そうな顔になった。

「ああ。いい食べっぷりだと思ったが、あれは早く帰りたかった、ということか」

ややして嘉納がなるほど、と納得したように呟いた。まさかわかってなかったのか、とあっけにとられたが、有はくっと笑い、伊吹も妙に静かに微笑んでいる。嘉納は道隆の無礼を受け流すように苦笑した。

以前有が口にした「鈍《にぶ》いところあるけど、いい人なんだよ」が突然腑《ふ》に落ちた。不本意ながら、同意せざるを得ない。

新しい皿が運ばれてきた。深い器の中央に薔薇色《ばらいろ》の肉が二切れ鎮座《ちんざ》している。

「この鹿肉《しかにく》は火入れが素晴らしいな」

「ええ、完璧ですね」

道隆と有は「なんだこの肉」「うまーい」と語彙《ごい》の死んだ幼稚な感想しか言い合えないが、伊吹と嘉納はさすがにわかっている感じでうなずきあっている。

「焼き加減のこと、火入れっていうんですね」

有が素朴《そぼく》に感心している。

「火入れの技術は才能だ。このロティスールは素晴らしい」

「ろてぃ…？」

「気に入っていただけてよかったです。ここのシェフは去年独立されたばかりなんです」

伊吹がギャルソンの口調になって説明した。

「君は勉強熱心だな」

嘉納が感心したように呟き、伊吹がまた赤くなる。

嘉納と伊吹はそのあとも食に関するこだわりをあれこれ話し合い、その会話の弾《はず》み具合にこれはいけるのでは、と有と目配せし合った。

「今まで君とこんなふうに話したことがなかったな」

「それは、お客様ですから」

伊吹が控えめに笑う。

「君が次に移る店にも食べに行こう。君のいる店なら間違いないだろう」

「是非いらしてください。お待ちしています」

ワインの酔いも手伝ってか、伊吹はすっかり緊張もほぐれていて、嘉納が「君の連絡先を」と言い出すのにも自然に応じた。

「あの、嘉納さんってパートナー募集中、なんですよね」

伊吹がフォーンのコールナンバーを嘉納に送るのを待ち、有が満を持して切り出した。よしいけ、と目でサインを送る。

「別に子どもはほしくないけど、プライベートを充実させたい、って」

あまりに単刀直入な発言に、伊吹がはっとしたように有のほうを見た。

「ああそうだ」

「てことは、嘉納さんは、相手がベータでも別に…」

「だから、バースセンターにマッチングの申し込みをした」

有にかぶせるように嘉納が言った。

「――えっ？」

「申し込みを取り下げたと話したが、あれからまた再登録をしたんだ」

は？　ともう少しで声をあげそうになった。

嘉納はなんの思惑もなさそうだが、有は絶句し、伊吹はフォーンを持ったまま固まっている。

道隆もすぐには言葉が出てこなかった。

「君のことが引っ掛かって取り下げていたが、気持ちの整理もついたしな」

嘉納が珍しく苦笑いで冗談めかした。

「で、でもあの、僕はバースセンターのマッチングシステムよく知らないんですけど、申し込みしても相性の合う相手って、なかなか見つからないんだって聞いたことあります。確か、数年待ちもざらだって」

有が一生懸命言った。

「それが、俺にはなぜかすぐ連絡がくるんだ」

嘉納がこともなげに答えた。

「前にも話したと思うが、俺は体質的に相手を発情させやすいらしくて…、事前カウンセリングでもう数件チェックが入ったと言われた。来月あたりには一番合う相手を紹介してもらえそうだ」

デリケートな話題に触れそうになったと気づいたらしく、嘉納が無難な方向に話を変えたが、その方向も違うぞ、と道隆は嘉納の口をふさぎたくなった。

「マッチングの日程が決まる前にこういう時間を持ててよかった。やはりプライベートを分かち合う相手が必要だと再確認できて感謝している」

嘉納は満足そうだが、さっきまで弾んでいた伊吹は目を伏せ、有も困惑したように黙り込んでしまった。場の空気を一ミリも読まないアルファだけが優雅にフォーンをポケットに戻した。

「今日は楽しかった。また会おう」

デザートまで終えると、嘉納はまだこのあと仕事があるから、とフルオートカーで帰って行った。

手応《てごた》えを感じていたぶん、ダメージも大きい。

「伊吹さんごめん。こんなことになるなんて…」

「八束さんのせいじゃありません」

「本当にごめんなさい」

「八束さんが謝ることじゃないですよ」

「でも…」

駅までの道をとぼとぼ歩きながら、有と伊吹が果てしなく同じことを繰り返している。

「最後に食事をして、お話もできて、よかったです。本当です」

自分に言い聞かせている様子の伊吹が切ない。

「伊吹さん、よかったらうちに寄りませんか?」

電車に乗ってから、このまま伊吹を一人で家に帰すのが忍びないと思ったらしく、有が誘った。

「え?」

「家も近いことですし、お茶でも」

「いいな。伊吹さんさえよかったら、寄って行ってください」

道隆も一緒に誘うと、伊吹は迷っている様子だったが、やはり傷心《しょうしん》を紛《まぎ》らわしたかったらしく、「それじゃ、少しだけ」とついてきた。

「散らかってるし、古いマンションなんで驚かないでくださいね」

考えてみれば、この部屋に客が来るのは初めてだ。

伊吹が「お邪魔します」と入ってきてから、客用のスリッパがないことに気づいた。家の中もまったく片づけていない。

「すみません、お誘いしておいて」

有がわたわたとその辺を片づけ始め、道隆は帰宅したときの習慣で換気システムとプロジェクターをオンにした。

「適当に座ってください。えっと、なにを飲みますか?」

伊吹はリビングのソファに座って控えめに周囲を見渡した。

「すごい、植物がいっぱいですね」

「有の趣味なんです」

「散らかってるでしょ。設備もいろいろ古くて、リビングは空間デバイスも入らないんですよ」

だから今どき流行《はや》らないプロジェクターで、いつも環境映像的にバレーボールの歴史的な試合を流している。

「サボテンがお好きなんですか?」

伊吹が壁の一面を占有《せんゆう》している植物の棚に目を止めた。

「ハードボイルドな子に惹《ひ》かれがちなんですよねー」

有が嬉しそうに多肉《たにく》植物の鉢《はち》に触った。出張から帰ると、有はまず鉢のチェックをする。今回は忘れずに頼まれていた世話をしたが、ちょいちょい忘れるので、それもあって手間のかからないハードボイルドな子が増えがち、という事情がある。

「棚もカッコいい」

「これは道隆が作ったんです。会社の倉庫から廃材《はいざい》貰《もら》ってきて組み合わせたんだよね」

「えっ、そうなんですか」

伊吹がびっくりして立ち上がり、しげしげと棚を眺めた。

「すごくいいですよ。ちょっとレトロな感じもお洒落《しゃれ》だし」

スチールと頑丈《がんじょう》な木材を適当に組み合わせただけだが、ずっしり重い鉢を乗せてもびくともせず、メッシュ部分には蔓《つる》が絡《から》んで、作った当初は有が大喜びしてくれた。今となっては見慣れすぎてなんとも思わなくなっているが、そんなふうに褒《ほ》められるとそんな気になってくる。

「どうぞ、好きなのを選んでください」

有が集めているフレーバーティーの缶をトレイに乗せたものを、そのまま伊吹の前に出すと、「すごい、いっぱいある」と嬉しそうに見比べ始めた。

「道隆、お茶淹《い》れるの上手いんですよ」

有が妙に自慢げに言った。茶葉と湯の量と蒸《む》らす時間は缶に書いてあるのだからその通りにすればいいだけのことで、上手いも下手もなかろうと思うのに、有は毎回「道隆が淹れると美味しい」と喜んでいる。

「本当に居心地のいいお部屋ですね」

伊吹が改めて周囲を眺めてため息をついた。

「そうですか？　天井低いし、なにもかも古いし」

「でも、なんていうか、それも含めて素敵ですよ。お二人の好きなものがちょうどいい感じに混じりあってて」

「えー？　ごちゃごちゃでしょ」

有が照れくさそうに言って、伊吹につられたようにあたりを見回した。他人が入るといつもの家が違って見える。見慣れたリビングがなんだか新鮮だった。

「どうぞ」

客用のものがないので、伊吹にはせめて一番新しいマグカップでフレーバーティーを出した。

「――いろいろ、ありがとうございます」

カップを手にして、伊吹が急に改まってお礼を言った。

「お二人のおかげで、なんだかすっきりしました。いや、まだすっきりはしてないですけど、そうなれそうっていうか…」

伊吹が気恥ずかしそうにカップに口をつけた。

「あ、美味しい」

「でしょ！」

「よかったら、また遊びに来てください。家も近いことですし」

社交辞令ではなく言うと、有も熱心にうなずいた。

考えてみると、同じ大学だったのに有とは共通の友人や知人がほとんどいなかった。体育会系とプログラミングおたくというまったく気質の違う集団にいたせいもあるし、同性の恋人で、有にはオメガというおおっぴらにできない属性まであったから、余計な詮索をされたくないというのもあった。伊吹は有の属性を承知しているので、その点でも気が楽だ。

「じゃ、今度はうちにも来てください」

伊吹の住まいは偶然鉢合わせをしたスーパーのすぐ近くで、「本当にご近所なんだ」と有が嬉しそうに声を弾ませた。

「せっかく伊吹さんがご近所なのに、引っ越しするの嫌になってきたなあ」

「あ、引っ越しされるんですか？」

「まだ決めたわけじゃないんですよ」

言いながら、有がちらっとこっちを見た。

引っ越しも、双方の家族に紹介しようという話も、いったん棚上げにしたままだ。

「俺はさっさと決めたいんですけど、一人で決めるわけにはいかないですしね」

そろそろ腹括《くく》れよと言外《げんがい》に匂わせると有が首をすくめる。

話をしていると、テーブルの上に置いていた道隆のフォーンが着信した。

「嘉納さんだ」

一瞬見間違いかと思った。テキストメッセージで「今日は楽しかった。些少《さしょう》だが気持ちを受け取ってほしい」とあって、ショップトークンが添付してあった。

「なんだこれ？」

タップすると紳士服専門店らしい名前のサイトが表示された。

「ああ、このテーラー連れてかれたことある。ほら、オーダースーツ作ってもらったことあったじゃん」

画面を覗き込んで有が声を上げた。トークンは三着分あって、それぞれ好きなスーツを作れということのようだ。店の支払いは確かにこっちで持ったが、招待なのだから当たり前だし、このお返しはいくらなんでもあり得ない。

「こんなの受け取れるわけねーだろ」

「困りますね」

「びっくりだよ」

呆れかえったが、伊吹と有も困惑している。すぐに受け取れない旨《むね》を丁重《ていちょう》な文面で送ると、また追いかけるように返信がきた。

「ん？」

押し問答《もんどう》になったら面倒だな、とうんざりしながら画面に目をやり、道隆はまったく予想外の文面に目を見開いた。

「なに？」

「どうしたんですか？」

〈失礼した。それでは、今度は私の自宅で昼食を一緒にするのはどうだろうか〉

フォーンを二人のほうに向けると、有と伊吹が当惑したように顔を見合わせた。

「嘉納さんのご自宅に、ですか…？」

「えー、びっくり！」

――お誘いいただけて光栄だ。

――プライベートで食事に誘われることなどないから、驚いた。

文面が簡素すぎてわかりづらいが、あのときの言葉は掛け値《ね》なしの本音で、また一緒に食事を楽しみたい、ということなのか。

「どうする？」

「断りますか？」

有が気遣うように伊吹を見やった。

「……僕は行ってみたい、です」

伊吹はしばらく考え込み、ためらいがちに答えた。

「図々しいかもしれないですけど…、どんなところにお住まいなのか、見てみたい」

本心だろうか、と疑ったが、有も同じらしく伊吹を観察するように窺っている。

「本当ですよ」

伊吹が苦笑した。

「そりゃ、いきなりパートナーを紹介するからって言われたらショックだし断りますけど、ただ昼食を一緒にっていうだけでしょう?」

「それはまあ」

「――会えるのなら会いたい、って思っちゃうんですよ」

伊吹が目を伏せた。

「僕が諦めつけようがつけまいが、嘉納さんがちゃんとしたパートナーを見つけることには変わりないんですし、きっと僕の新しい店にもその方を同伴されたりもすると思いますしね。それよりご自宅に招いてもらえるなんてきっと二度とないでしょう? 行ってみたいです」

どうする? と有が目で訊いてくる。

金融《きんゆう》系のアルファ殿がどんな豪邸に住んでいるのか、道隆も興味がない、と言えば嘘になる。

「行ってみるか」

「じゃあお言葉に甘えちゃおう」

有が結論を出し、結局、三人で今度は嘉納の自宅を訪問することになった。

6

五月の最終週、最寄り駅まで迎えにきてくれたのは嘉納《かのう》のフルオートカーだった。位置情報を検知して、無人の車がするすると滑《すべ》ってきて目の前で停まる。

前回の食事のときに嘉納が乗り込んでいるのを興味深く見ていたが、このエリアでは特に珍しくもないようで、駅前のタクシー乗り場ではむしろフルオートのほうが多いくらいだった。

「フルオートに乗るの、初めてだ」

有《ゆう》がわくわく顔でさっそく乗り込む。事前に送られていたナンバーをフロントパネルに送信すると、ウン、と軽やかな音を立ててオートカーが動き出した。後部座席はボックス式で、向かいの有が「わあ」と嬉しそうな声を出し、伊吹《いぶき》も興味深そうにきょろきょろ車内を見回した。

今回の訪問について伊吹の内心が心配だったが、待ち合わせに現れた伊吹は案外明るい顔をしていた。

「もうだいぶ気持ちの整理もつきましたし、気を遣わないでください。今ちょうどお店を移る準備期間なので、気分転換させてもらいます」

本心なのかはわからないが、本当に嫌ならいくらでも口実をつけて断れる。第一もう来てしまったわけだしな、と道隆《みちたか》は言葉通りに受け取ることにした。

駅前から少し行くと、住宅街に入った。

走行スピードが安定して振動がなくなり、カーブも驚くほど滑《なめ》らかなのはオートカー専用レーンを走っているからのようだ。

「さすが金持ちの住んでるとこは違うなあ」

有が感心したように窓の外を見ている。

朝のうちに降っていた雨も止《や》み、まだ雲は残っているものの、美しく並ぶ邸宅の庭はどこも洗いたてのように輝いていた。

「あ、そこかな？」

車が減速《げんそく》を始め、緩《ゆる》い坂を上り切るとクラシカルなゲートが見えてきた。

「やばい、想像通りすぎる」

有が興奮した声で呟いた。ゲートが開くとオートカーがまたスピードをあげた。雲が切れて青空が見え始めている。その澄んだ空気の中で、英国式、という言葉を連想させる庭と邸宅が現れた。

「なんか、遊園地のアトラクションみたい」

「すごいですね…！」

オートカーはするすると小道を進み、アプローチの前で止まった。

「すげえな」

車を降りると、オートカーはパーキングのほうに自走《じそう》して行った。玄関前の庭は左右対称に刈り込まれた植栽《しょくさい》が迷路のように広がり、ずっしりとした素焼《すや》きの鉢《はちう》植えが小さな噴水を取り囲んでいる。

「個人の家とは思えない」

「さすがというか、なんというか」

「よく来てくれた」

口々に感想をつぶやいていると、嘉納が悠然と姿を現した。

家の主人が自《みずか》ら出てくるのは違和感のある家の佇《たたず》まいだったので少し驚いたが、嘉納はごく当たり前のように「入ってくれ」と玄関の扉を自分で開けた。今日もシャツスタイルだが、髪を軽くセットしているだけだからか、自宅でリラックスしているせいなのか、いつもの威圧感が若干《じゃっかん》和《やわ》らいでいる。

「今日はお招きにあずかりまして、その」

中に入ると天井の高いホールで、気圧《けお》された有の声が響いた。使用人が数人待機していてもおかしくないような雰囲気だが、がらんとしている。

「こっちだ」

手土産の焼き菓子を無造作に受け取ると、嘉納はさっさと奥の廊下に進んだ。

「お」

「あれっ」

廊下の突き当たりのスライドドアを開くと、思いがけず小ぢんまりとしたダイニングスペースが現れた。

「簡素で驚いたか?」

嘉納が珍しくにやっとした。

「この家はビジネスの相手を自宅で接待する必要があって買ったんだ。前の持ち主は外国人で親族も一緒に暮らしてたらしいが、俺は独身だし、日常は広すぎて不合理だからこちらをプライベート用にリフォームした」

「…簡素とは」

有が隣で唸《うな》るのが聞こえた。

小ぢんまりしているというのは邸宅然とした外観や広々としたホールから受けた印象との比較であって、道隆の感覚でも決して「簡素」ではない。クラシカルだった玄関ホールとはまったく違い、こちらはずいぶんモダンな印象だ。八人掛けのテーブルは天板《てんばん》が目を引く純白の樹《じゅ》脂《し》製で、椅子は一脚ずつデザインが違う。そして奥のキッチンではコックコートの料理人が二人で立ち働いていた。

「嘉納さま。お客様はお揃いでしょうか」

二人のうち小柄なほうがきびきびと近寄って来た。

「ああ、そろそろ頼む」

「かしこまりました」

「今日はケータリングを頼んだ。料理のサーブはしてくれるが、飲み物は自分で、好きなものを好きなように用意してくれ」

嘉納が席につきながら、キッチン前のカウンターを見やった。銀色のワゴンにグラスが数種類用意されていて、セラーやドリンク専用らしい小型冷蔵庫も鎮座《ちんざ》している。

「高級ドリンクバーだ」

有が目を丸くする。

「いや、大したものは置いてない。接待のときはソムリエも呼ぶが、今日はプライベートだから大げさなことは避けた」

「じゃあ、最初だけ僕がご用意しましょう。嘉納さんは何を」

「今日は君、仕事じゃないだろう」

自然にギャルソンの物腰になった伊吹を、嘉納がたしなめるように止めた。

「このくらいさせてください。次の店に移るまでひと月あるので、勘が鈍《にぶ》らないようにしたいですし」

言いながら、伊吹がキッチンのほうに向かった。

「運ばせてください」

コックコートの二人にかけている声が生き生きしていて、本当にサービスマンの仕事が好きらしい。

「あっ、やっぱり中華だ」

テーブルセッティングで道隆も予想していたが、伊吹が運んできた大皿は中華の前菜だった。

有が目を輝かせた。

「ピータン、蒸鶏《むしどり》、鴨《かも》、きくらげ、シェフ特製の焼き豚だそうです」

すらすらメニューを言って、伊吹が小皿に美しく取り分けてくれる。つんと澄ました美貌《びぼう》にはプロの矜持《きょうじ》が浮かんでいた。

「それなら飲み物はホストとして俺が用意しよう。リクエストは？」

「嘉納さんにお任せしてもいいですか？」

「俺も任せます」

有も道隆も飲み食いは好きだが、嘉納や伊吹のような食通ではない。嘉納が伊吹となにやら相談してワインを選んで栓《せん》を抜いた。

「ビルカール・ブランシェ、ロゼだ」

銘柄《おい》など告げられてもさっぱりわからないが、嘉納に注《つ》いでもらって全員で乾杯した。

「美味しい」

有が顔をほころばせた。前菜はどれも奇をてらわない味わいで、しかししっかりと旨《うま》い。

「次は帆立《ほたて》とフカヒレのスープだそうです」

「ならガヤを開けよう。ピエモンテのソーヴィニヨンブランがある」

「いいですね」

嘉納と伊吹がいちいち打ち合わせて料理を運び、飲み物を選ぶ。なんだか会食というより、二人にもてなされているようだ。

「マングローブ蟹《がに》です。殻《から》ごとさくさく食べられるそうですよ」

「これはビールだな。ベルギーの旨いのがある。どうだ？」

「賛成です」

有と道隆にサーブしつつ、二人も飲み食いを楽しんでいる。

これ、めちゃめちゃ気が合ってるよな…？　と道隆は舌鼓《したつづみ》を打ちながら食通談義をしている二人を観察した。

「今度こそ紹興酒《しょこうしゅ》だな」

白身魚の餡掛《あんか》けや蟹玉《かにたま》、炒飯《チャーハン》がきて、いよいよメインの北京《ペキン》ダックが運ばれてきた。嘉納が出してきた瓶《びん》を受け取り、伊吹がそれぞれの杯《はい》に丁寧に注ぐ。

「どうぞ、召し上がってください」

料理人がテーブルまで来て、年季の入った中華包丁で皮をそぎ切りにしてくれた。白髪葱《しらがねぎ》と味噌《みそ》だれを乗せ、薄餅《ボーピン》で包んで食べる。

「これは…絶品です！」

道隆と有は、もちろん「美味しい！」「なんだこれ」しか言えないが、一口食べて伊吹も言葉がない、というように唸った。

「去年、富華家菜《ふうかかさい》でいただいたものが今までで最高の北京ダックだと思ってましたけど、同じくらい素晴らしい」

「そうだろう。この北京ダックを食べてもらいたくてここのケータリングを頼んだんだ」

嘉納が満足そうに伊吹に笑いかけた。眼光鋭《がんこうするど》い男の、その気を許した笑みに伊吹がみるみる赤くなった。道隆は紹興酒を口に運びながら「なんとかならねえのかな」と性懲《しょうこ》りもなく考えてしまった。

諦めました、と言ってはいたが、そんなに簡単に切り替わるわけがないし、嘉納にもまったく脈がないとは思えない。有のほうをちらっと見ると、薄餅にたれを塗りながらこっちを見ていて、同じことを考えているのがわかった。アイサインでうなずき合って、しかし嘉納はもうマッチングとやらを申し込んでいるというし、道隆には特殊バース性の人間の価値観はわからない。有も考えあぐねている様子だ。

「本日は、ありがとうございました」

嬉しそうに嘉納と伊吹のやりとりを聞いていた料理人が、コック帽をとってお辞儀《じぎ》をした。

「お料理は以上になります。あとはデザートを冷蔵庫にご用意しておりますので、のちほどお召し上がりください」

キッチンのほうで、アシスタントらしいもう一人もお辞儀をしている。

「ご馳走《ちそう》さまでした」

「美味しかったです」

調理器具一式をてきぱき片づけると、ケータリングサービスのマークのついたボックスに納め、二人はキッチンの清掃までして帰っていった。

「そろそろデザートにしましょうか」

料理はあらかた食べ終えて、ワインを四本、紹興酒を一本空《あ》けてしまった。伊吹が腰を上げた。

運んでくれたデザートは中華風ココナツプリンとフルーツの盛り合わせで、甘いものが好きな有が喜んだ。

こんな時間もいいもんだな、と道隆はプリンを口に運びながら有と伊吹がフルーツの交換をしているのを眺めた。

二人きりの恋人の時間を過ごしてきて、そろそろ外に向かってもいい頃だ。家族に有を紹介したいと考えるようになったのも、自分たちの関係に揺るぎのない自信を持てるようになったからだ。

いつの間にか陽《ひ》が傾き、窓から差し込む日差しも夕暮れのものになっている。楽しい時間が過ぎるのは早い。

伊吹がふっと息をついた。

「今日は、お招きいただいて、ありがとうございました。楽しかったです」

ことさら明るい調子で伊吹が口を開き、思わず有と目を見かわした。

「片づけは、明日人が来るからそのままにしておいてくれ」

嘉納があくまでも鷹揚《おうよう》に言った。一日おきにハウスキーパーが来て、まとめて家事をしてくれるらしい。

「明日まで放置するんですか？」

伊吹が眉をひそめた。

「まずいか？　いつもそうしている」

「食べっぱなしはよくないですよ。せめて下げときましょう」

高価そうな食器ばかりなので、プロに任せたほうが無難といえば無難だが、放置するのも気がとがめる。伊吹が手際よくテーブルを片づけ始めたので、道隆も有と一緒に手伝った。

「嘉納さんがお皿下げてる」

それなら、というように嘉納も手伝いに加わったのを見て、有がからかうように笑った。

「おかしいか？」

「違和感はありますね」

「確かに、こういうことはしないな」

そう言いながらも妙に楽しそうだ。

「接待以外で人を呼んだのも、初めてだ。楽しかった。ぜひまた来てくれ」

尊大な物言いに慣れてしまえば、有や伊吹の言うとおりの率直で飾らない人柄が見えてくる。

が、「また来てくれ」という言葉にはすぐ返事ができなかった。有が曖昧《あいまい》に笑って伊吹のほうを見た。たぶん、伊吹はこれが最後だと決めているだろう。そんな気がしていた。

「あ、ここから外に出られるんですか？」

帰り支度をしていると、ごみをまとめていた有が、キッチンの突き当たりのドアに気づいてノブを回した。

「そっちは裏庭だ」

「あ、ほんとだ」

外に出ると、思いがけずみずみずしい緑の溢れる庭が広がっていた。エントランスは刈り込まれた植栽や左右対称に配置されたアーチや生垣《いけがき》で整然としていたが、こちらはごく自然に植物たちが枝葉を広げ、群生《ぐんせい》して花をつけている。

「ハーブがいっぱいですね」

伊吹が嬉しそうに針葉樹《しんようじゅ》のような枝に触れた。

「ほんとだ。これぜんぶミントだ」

有も足元のグリーンを指でつまんだ。

「そうなのか？　俺は植物はぜんぜんわからない」

「これはローズマリーで、あっちがカモミールですね。うちは実家が野菜農家で、契約しているレストラン向けにいろいろ作ってるんですよ。ハーブも少し扱《あつか》ってます」

伊吹がしゃがんでミントの茂みに顔を近づけた。

「いいミントです。キッチン出てすぐハーブガーデンって、いいですね。憧《あこが》れる」

「俺には宝の持ち腐《ぐさ》れだな」

嘉納がぽつりと洩らした。伊吹が顔を上げた。夕暮れの風が伊吹の髪を乱す。やはり美しい男だ。指先で髪を直しながら立ち上がり、伊吹は嘉納のほうを見て、すぐにまた視線を逸《そ》らせた。

「オートカーは駅で下りたらリターンさせてくれ」

嘉納が言いながら歩き出した。裏庭の小道の先にパーキングが見える。

「それじゃ、今日は本当にありがとうございました」

パーキングからオートカーが自走してきて、後部ドアを開けた。有が挨拶《あいさつ》をして先に乗り込み、道隆は後ろにいた伊吹のほうを振り返った。

なんとなく、予感がした。

「――嘉納さん」

伊吹は嘉納を見つめていた。

視線に熱がこもり、声が空気を震わせた。道隆は反射的に息を止めた。オートカーに乗り込んでいた有もはっとしたように伊吹を見た。

「僕は、ずっと嘉納さんに憧れていました。す、好き――でした」

枝葉のざわめきに、伊吹の告白が溶けた。

嘉納はかすかに眉を寄せた。驚いているのだろうが、リアクションが薄い。道隆のほうが動揺して固まってしまった。

「そ、それだけです」

伊吹が突進するようにオートカーに乗り込んだ。

「それじゃ、失礼します」

とっさに道隆も一礼をして伊吹に続いた。ドアが閉まり、目を見開いている嘉納を置いて、オートカーは走り出した。

「――すみません」

ゲートをくぐり、住宅街に出るまで、伊吹は両手を固く握って膝に置き、うつむいたままだった。どう声をかけるのが正解なのかわからず、道隆も有も黙っていた。専用レーンに入って走行が安定すると、伊吹はやっと口を開いた。

「なんで謝るんですか」

「そうですよ」

交互に声をかけると、伊吹がふっと肩から力を抜いた。まだ顔は上げず、手の汗を膝で拭《ふ》いている。

「本当は、あ、あんなこと言うつもりはなかったんです。僕には手の届かない世界の人だから、で、でもベータでもオメガと幸せな関係を築いている人がいるんだって知ったし、その人たちとも、ものすごいタイミングでばったり会って、それで、こんなふうに嘉納さんと話せるチャンスまで与えてもらって、これで言わなかったら絶対後悔する、言わないとだめなんだって思って…」

伊吹が顔を上げた。うっすらと汗をかいていていて、頬も耳も赤くなっている。

「言えて、よかったです」

伊吹が目を潤《うる》ませて、わずかに微笑《ほほえ》んだ。

「ありがとうございました」


伊吹とは駅で別れ、マンションの前に着くころにはすっかり日が暮れていた。有はずっと黙り込んでいる。

マンションの入り口でエレベーターを待ちながら、有が手を繋《つな》いできた。指を絡《から》めてくる感じで、甘えたがっているのがわかる。下りてきたエレベーターから主婦らしい女性が二人出てきた。有が彼女たちのじゃまにならないように自分のほうに引き寄せて、入れ替わりにエレベーターに乗った。ほんの一瞬奇異な視線を向けられたが、時々あることなのでスルーする。有もなにか考え事をしている様子で、エレベーターの扉が閉まると寄りかかってきた。

「疲れたか？」

「道隆は？」

「いや」

短い、曖昧なやりとりでもセックスしたがっているのがわかる。道隆も同じだった。感じていること、考えていることも、たぶん似ている。

駅で別れたとき、道隆は伊吹にかけてやれる言葉がなかった。いつもはおしゃべりな有も、ただ「また会いましょう」とだけ言っていた。

「風呂どうする」

「あとでいいや」

玄関で靴を脱いで、有の身体を抱きしめた。すぐに有の腕が背中に回ってくる。本当に、どうしてこんなに抱き心地がいいんだろう。ぎゅっと腕に力をこめると、有も首のあたりでため息をついた。

人の出会いは不思議だ。

毎日、信じられない数の人間とすれ違ったり関わりを持ったりして、でもちゃんと認知するのはその中のほんの一握《にぎ》りだ。

そこからさらさらに深く知り合い、交流し、関係を深めていけるのは数人で、――恋人になるにはさらに連続で奇跡が起こる必要がある。

あらゆるタイミング、あらゆる可能性、あらゆる偶発《ぐうはつ》のはてに、今腕の中に有がいる。

「道隆」

「うん？」

「みちたかー…」

あのとき有が好きだ、と言ってくれたのは、本当に万分の一の奇跡だった。その瞬間まで、道隆は自分の好意の種類に気づいてもいなかった。

心が触れ合った一瞬に、同じだけの熱量が自分の中に溜まっていたから通じ合えた。

夏の体育館の裏庭、欅《けやき》の大木が強い日差しに濃い影をつくっていた。有の着ていたシャツの色や、爪を整えてやるために握った手が少し汗ばんでいたのまで思い出した。

——俺、保住《ほずみ》のことが好きだ。

かすかに震える有の声。

伊吹の言葉も、嘉納の心に届けばいいなと思う。

有が背伸びをしてきた。少しかがむとキスをするのにちょうどよくなる。どちらからともなく寝室に入って、ベッドに転げ込んだ。

「道隆、好き」

上になったり下になったりして何回もキスをして、合間に服を脱がせ合う。皮膚が薄い有はすぐに頬を上気《じょうき》させて、それが可愛くて仕方なかった。

「有——」

はむはむ耳を噛んでいた有が、頬をくっつけてきた。

「匂いする?」

有は発情すると、甘い、誘いかけてくるようなフェロモンを分泌《ぶんぴつ》する。発情期がどんどん短く軽くなり、分泌不全に傾いていても、有はオメガだ。そしてオメガは相性のいいアルファにどうしようもなく反応してしまう。以前、嘉納に無理やり連れ去られたあとの発情は強烈だった。

「ちょっとする」

「やっぱり?」

有が気まずそうに自分の手首のあたりの匂いを嗅《か》いだ。前回の食事のあとも同じだった。

「この前ほどじゃないけどな」

「ごめんね」

「有のせいじゃない」

嘉納と会うたび、分泌自体は減っている。いずれ完全に反応しなくなるだろう。

それに、物理的に火をつけるのが嘉納の存在であったとしても、有が求めるのは自分だけだ。

助けて、道隆――――

他の男に発情させられ、泣いて縋《すが》ってきた恋人の顔を思い出すと、暗い情動が湧き上がってくる。

可愛くて憎らしくて、でも愛《いと》おしい。

「有」

手をとって、細い指を噛んだ。最初は軽く歯を立て、それから少しだけ力をこめる。

「道隆、痛い……」

有の声がとろりとぬめった。スイッチが入った。

「ねえ、痛い」

痛い、と言いながら止めさせようとはしない。むしろ瞳は潤んでいて、感じている。舌先で指の感触を確かめると、有が細い息を吐いた。

「道隆――」

「ん？」

「道隆」

指を噛んでいた力を抜くと、逆に有の指が舌をぬるぬると探ってきた。指を吸う強さが興奮を伝えて来て、こういうときは少し乱暴にされたがっている。

そして有がして欲しいことが、自動的に道隆のしたいことになる。

「――道隆、……ん、うぅ……」

興奮のまま有をシーツに押しつけて、あらゆる性感帯に口づけ、舐《な》め、甘噛みをした。

薄い皮膚はちょっと吸うだけで簡単に痕《あと》が残る。

「ん、——ん、あ……」

有の両足が自然に開く。遠慮なく足首を摑んで持ち上げた。有の身体は柔らかい。そしてすぐに体温が上がる。

「は、はあ…っ、はあ、あ……う、ん——……」

有が首に腕を回してきた。足が腰に巻き付いて、全身で抱き着いてくる。

「道隆、——も、もう…しよ、したい……」

舌足らずな声で訴えられると、道隆も限界になってしまった。

「う、——あ……っ」

敏感な粘膜《ねんまく》に先端をあてがっただけで、有が声を洩らした。

「ああ、ん…っ、ん、ん——…」

小刻《こきざ》みに動かしながら、ゆっくり中に入っていく。絶妙の締めつけに、毎回そのまま出してしまいそうになる。

有が背中に爪を立てた。ちりっとした痛みが逆に興奮をかきたてる。

「——い、…いい、——あ、っ…」

狭いところをこじ開けるようにして、ようやく奥まで届いた。はあっと息をつくと、有も細い息を吐いた。汗ばんだ首筋に髪が張り付いている。

「道隆、気持ちいい…?」

有が薄く目を開いた。睫毛《まつげ》がしっとりと濡れている。

「すごくいい」

額にキスをして答えると、嬉しそうにちょっと笑った。胸が痛くなるほど可愛い。

「有、好きだ」

「ん。…俺もす、すき…」

セックスの最中は、いつも少しだけ声が幼くなる。

「舌出して」

有が口を開けた。舌を絡めると、握っていた手に力がこもった。身体中で繋がり合い、快感を共有する。

我慢しきれずに腰を使うと、指を絡めていた有の手にも力がこもった。

「う……っ、…」

呼吸が苦しくなって唇を離した。

「は、——あ、……あ、っ」

律動に合わせて高まっていく。有の呼吸が荒くなった。切なそうに眉を寄せ、額《ひたい》には汗が浮いている。

「あ、あ——い——道隆……っ、は、ああ…」

快感に耐えている表情があまりに煽情的《せんじょうてき》で、見ているだけでさらに昂《たかぶ》った。

「道隆──」

有のこめかみに涙がほろっと伝う。舌先で舐めとると、ぎゅっと目をつぶった。甘い有の匂いがする。恋人の匂いだ。

「みちたか…あ、あ」

有の声が切羽詰《せっぱつ》まった。

まだもう少し味わっていたくてスピードを落とすと、有が目を開けた。睫毛が濡れていて、縋るように見つめられるとたまらなくなった。

「有」

「ん、う……」

深く口づけ、小さい舌を吸い取った。有が一生懸命応《こた》えてくれる。

ひとしきりキスをして、湧き上がる欲望に負けてぐっと穿《うが》つと、ひく、と有の身体が震えた。

「う、──あ……」

「あ、あっ、あ……」

緩《ゆる》い絶頂がきている。唇から濡れた舌が覗く。目の焦点《しょうてん》がちゃんと合わない。

「有──」

中が痙攣《けいれん》して熱く締め付ける。

もう無理、と縋られて、道隆は一気にスパートをかけた。快感が駆け上がり、熱が放出先を

求めて暴れる。

有が手を探して、ぎゅっと握った。

「あ、あ……っ」

ほぼ同時に頂点に達し、息を止めた。

なにも考えずに最高の瞬間を味わい、それからゆっくりと弛緩《しかん》していく。

「――」

はあはあと肩で息をしながら見つめ合い、どちらからともなく抱き合った。

汗ばんだ肌が密着し、どくどくと心臓の音がする。

馴染んだ身体はすっぽり道隆の腕に納まった。どこもかしこも、神様が誂《あつら》えてくれたのかと思うほどどちょうどいい。

道隆は有の額にキスをした。

この上なくしっくりくる、この世で唯一のパートナーだ。

7

「有《ゆう》、手土産に買った焼き菓子ってこれか?」

「棚んとこに置いてる。ブルーの紙袋のやつ」

洗面所でドライヤーを使っている有に聞こえるように声を張り上げると、有も大きな声で返事をしてきた。

日曜の午後、洗面所の窓から見える公園の緑はずいぶん濃くなっていた。空気にも夏の気配が漂う。

「楽しみだなー、伊吹《いぶき》さんちってどんなだろ。自分でリビングの壁ペイントしたって言ってたし、絶対めちゃくちゃお洒落《しゃれ》だよね」

有がうきうきしながら洗面所から出てきた。

伊吹の自宅は本人曰《いわ》く「取り壊し前提でリノベーションし放題の自称アーティスト集団の住処《すみか》」らしい。断熱《だんねつ》の概念《がいねん》がない超古代物件なので遊びに来るなら本格的に暑くなる前がおすすめですよ、と誘われた。

嘉納《かのう》の自宅に招かれたあと、有と伊吹は妙に気が合って、しょっちゅうやりとりをしている。

「そろそろ行くか」

今日は昼を一緒にしましょう、と誘われていて、高級スーパーの前で待ち合わせの段取りだ。近所に知り合いがいて、こんなふうに休日を過ごせるのは確かになかなかいい。

「うん、――あれ？　道隆《みちたか》、ちょっと待って」

わざわざ有名店に並んで買ったという焼き菓子を手に玄関に向かおうとしていると、有が呼び止めた。

「伊吹さんだ」

有が首をかしげてフォーンを見ている。

「どうした?」

「道隆、今日中止」

「は?」

もしや突発的なことが起こったのかと思ったが、有の顔はずいぶん明るい。

「もしもし、伊吹さん?」

有がわくわくした様子で返信を打った、と思ったらすぐに着信した。

「今見ました。うんうん、大丈夫、もちろんですよ! こっちは延期で。いやいや、いいんですって。それどころじゃないでしょ。はい、道隆には伝えときます。また今度ゆっくり…こっちはいいので、早く返事をしてください。今すぐですよ、今すぐ! じゃあまた!」

「なんだよ?」

口をほころばせてやりとりすると、有はやや強引に通話を打ち切った。

「嘉納さんから、たった今、連絡がきたんだって」

「はあ?」

有が嬉しさを抑えきれない様子でくすくす笑った。

「ずっと庭師さんに任せていたけど、せっかくなので裏庭をハーブ園にしてみようかと思っているので相談に乗ってくれないかって」

「ほー？」

あの尊大な男がどんな顔で「相談に乗ってくれないか」と連絡したのか想像もつかない。が、びっくりして棒立《ぼうだ》ちになっている伊吹のほうは容易に目に浮かんだ。

「どうしましょう、っておろおろしてたから、それはすぐ相談に乗るべきですよって背中押しといた！」

「でかした」

伊吹は自分の気持ちを打ち明けて、心の整理をつけようとしている様子だった。しかしどうやら事態はいい方向に変わりそうだ。

「それにしても、裏庭か」

一週間も経《た》ってから、いろいろ考えあぐねたことが丸わかりのメッセージを送ってよこした嘉納に、にやにやするのが止められない。

「アルファって、案外へたれなのかもな」

「いえてる」

さて、それならどうするか、と道隆は手に持っていた手土産の紙袋を持ち上げた。

「道隆」

「うん？」

急に空《あ》いた休日をどう充実させようかと考えていると、有が「家に行ってみる?」とためらいがちに提案した。

「物件探しか? いいな」

そろそろ本腰を入れて探そうか、という話はしていた。交通アクセス含めて環境は気に入っているので散歩がてら近所の不動産屋を回るのはアリだ。

「そうじゃなくて、…俺の実家」

「えっ?」

「手土産もあることだし、たぶん今、家にいるからさ」

とっさには意味がわからなかったが、有のまだ半分迷うような顔つきではっと理解した。

「いいのか?」

互いの両親に、パートナーとして挨拶《あいさつ》をしたい。

何度話をもちかけても、有ははぐらかしてばかりいた。

「んー…この前用事あって母さんとしゃべってたときに、かるーく今度彼氏連れてってもいいかなって訊いたんだよね。そしたら、ここんとこ日曜は家にいるって…ここの焼き菓子、母さんも好きだし」

言いながら、有は道隆がシューズボックスの上に置いた紙袋を触った。

「もしかしたら微妙な空気になるかもだけど、オメガはアルファに保護してもらうのが一番、みたいなのはないからって、ちゃんとわかってもらうようにするし」

「それは、もちろん俺はいいけど」

どういう心境の変化なのかと目で訊くと、有は小さく首をかしげた。

「なんかね。俺、道隆が彼氏になってくれてからずーっと幸せで、だから、このままがいい、変わるの嫌だって思っちゃってたんだけど、伊吹さんを家に呼んだり、嘉納さんともご飯食べたりしたらすっごく楽しくて、なんていうか——俺と道隆がパートナーだって知ってる人がいるの、嬉しいことだなって思ったんだよ」

「うん」

「家族にちゃんと紹介するのも、勇気いるけど大事なことかもなって」

今が幸せだからこのままでいい。

ずっと二人きりでいたいし、誰にも邪魔されたくない。

それは道隆も同じだ。

でもそろそろ外に出ていく時期だという気がしていた。いつまでも二人きりの狭い世界に閉じこもってはいられない。

「微妙な空気くらい、どうってことねえよ」

請《う》け合うと、有が「うん」と笑った。

「そうだよね」

有が決心したように、今しまったばかりのフォーンを出した。

「——あ、母さん？」

何回かのコールのあと、誰かの応答する声が聞こえた。

「今からそっちに行ってもいいかな。父さんもいるんでしょ？　うん——」

フォーンを耳に当てたまま、有がこっちを向いた。

見慣れた可愛らしい童顔に、道隆は励《はげ》ましをこめてうなずいた。有はひとつ息をついた。

「俺の彼氏、紹介したいから」

あとがき

AFTERWORD……………………

―安西リカ―


こんにちは、安西リカです。

いつも応援してくださる読者さまのおかげで、このたび二十三冊目の文庫を出していただけることになりました。本当にありがとうございます…！

今回はオメガバースで、若干《じゃっかん》現実世界とは違う並行《へいこう》世界の設定です。とはいえ書いているのが私なので、日常感溢《あふ》れるものすごくささやかなお話になっております。学生時代からつき合い始めて社会人になって同居、という自分の中の黄金ルートなので、同じ萌《も》えをお持ちの方にはささいなところまで楽しんでいただけるのではと思っております。脇カップルの嘉納《かのう》さんと伊吹《いぶき》君もお気に入りなのでよろしくお願いします。

市川《いちかわ》先生、お忙しい中イラストを引き受けてくださいまして、ありがとうございました。ラフのめちゃかわいい伊吹君のスリーパターン、みなさまにもお目にかけたかったのに、ページ配分失敗してしまって無念です…！

担当さまはじめ、ご協力いただいた関係各所のみなさまにも感謝いたします。

ページの都合でさらにSSを書かせていただきました。よかったらそちらもおつき合い下さいませ。

ダブルデート

有《ゆう》の料理はギャンブルだ。

冷蔵庫にあるものと使ってみたいスパイスや外国産の謎調味料、そして一瞬の閃《ひらめ》きで「よーし！」とキッチンに向かう。結果、驚くべき奇跡の逸品《いっぴん》に舌鼓《したつづみ》をうつこともあれば、とにかく消費だ、と黙々《もくもく》と食すこともある。

「今日は俺が作るね！」

土曜日の夕方、最近参加するようになった地域バレーボールクラブで小学生の指導をして帰ると、有がキッチンでスチロールの箱を開けていた。

「なんだそれ？」

「岩牡蠣《いわがき》。かーさんが旅行のお土産《みやげ》って送ってくれたんだよ」

有の実家に挨拶《あいさつ》に行ったのはふた月ほど前のことだ。

覚悟していたが、有の両親は歓迎とも拒否ともつかない、微妙な距離感で迎えてくれた。最後まで会話は弾《はず》まなかったが、帰り際に「これ、二人で食べて」と用意してくれていたらしい保冷バッグを持たされた。中身は高級和牛で、そのあとも一回「お父さんが町内会のビンゴで当てたから」とメロンが送られて来た。

納得はいかないが、道隆《みちたか》自身に悪い印象は持っていない、という意思表示だと捉《とら》えて、引っ越しを予定している年末にはまた挨拶に行こうと話し合っている。

道隆のほうは、用事にかこつけてひとまず一人で実家に顔を出し、「今同居してる友達」と有の写真を見せた。その日はそこまでにしておいたが、わざわざ同居人の写真を見せた意味を「もしかして」と考えているはずだ。スーパー常識人の両親は、イレギュラーな事柄に疎《うと》いものの、決して話のわからない人間ではない。あともうワンクッション置いてから切り出し、ちゃんと理解してもらったら、有と一緒に年始の挨拶に行くという段取りを考えていた。

「牡蠣か、いいな。で、何作るんだ?」

「冷製パスタ。この前ネットでレシピ見て作ってみたいなと思ってたんだよね。あれは鰯《いわし》のオイル漬けだったけど、生牡蠣にしたらまた違った美味《おい》しさになるはず」

やる気満々で食品入れからパスタを出しているので、道隆はシャワーを浴びるために浴室に向かった。「レシピを見て」美味しそうだと思っても、有はそのレシピの分量も、使う材料もろくに確認しない。頼りにするのはおのれの頭に浮かんだ「美味しそう」という直感のみだ。レシピ通りにきっちり作って、当たり前の美味しさを求める道隆とは相容《あいい》れないので、有とは一緒に料理をしなくなって久しい。何度かの大喧嘩のあげく、仲良くキッチンに立つのは諦めて平和が訪れた。

「あれ、伊吹《いぶき》さんだ」

ざっとシャワーを浴びて頭を拭《ふ》きながら料理の進捗《しんちょく》状況を見に行くと、有がフォーンを手にとったところだった。

「道隆、パスタ見てて」

「了解」

さすがにパスタの茹《ゆ》で時間はタイマーを使っていて、道隆は首にタオルをひっかけて吹きこぼれないように鍋の前でスタンバイした。

「もしもし、伊吹さん？　はい、今大丈夫ですよー」

有は伊吹とすっかり仲良くなって、ちょくちょくやりとりをしている。伊吹は嘉納《かのう》に告白したあと、何度か二人で会っている様子だったが、「中学生でももうちょっとマシなんじゃないの、嘉納さんも伊吹さんもさあ」と有が呆《あき》れているのを聞く限り、二人の進展具合はだいたい道隆にも想像がついた。

「えっ、今から？」

パスタがくっつかないようにオリーブオイルを垂《た》らしていると、後ろで有が素《す》っ頓狂《とんきょう》な声を上げた。

「いや、用事はないし、道隆もいますけど…、ええっ、マジですか」

なんだよ、と振り返ると有は「ちょっと待ってくださいね」と断ってから道隆のほうを向いた。

「今から伊吹さんち来ないかって」

「は？　今からか？」

以前伊吹が昼食に招待してくれたとき、嘉納の誘いとバッティングしてこちらは延期になった。そのうち改めて、とは言っていたがこんな急に？　と驚いた。

「ていうか、SOSだね。嘉納さんを招《よ》んじゃったらしい。緊急事態だよ、これは」

伊吹は嘉納絡みになると、すぐ慌てて有に助けを求める。そしてそれが嬉しい有は、テンション高く「すぐ行きます」と伊吹に答えて、ひとまず通話を切った。

「けど、このパスタどうする」

「ええい」

有はパスタをざるに上げると、そのままフライパンに投入した。直感で作っていた牡蠣のソースと手早く絡《から》めて「どうにでもなれ」とやけっぱちなことを言って粗熱《あらねつ》も取らないまま冷蔵庫に突っ込み、慌てて出かける用意を始めた。

「それにしても、なんで嘉納さん招ぶことになったんだ？」

「成り行きでって言ってたよ」

ともかく行ってみよう、と伊吹に送ってもらったナビつきのマップを頼りに、伊吹のマンションに向かった。

取り壊し前提の古代物件、と聞いていたが、蔦《つた》で覆われた五階建ては不思議な存在感を醸《かも》し出していた。

「エレベーターねえのか」

「これは確かになかなかレトロだね」

きょろきょろしながら階段を上がり、IBUKIという表札を確かめてブザーを押した。

「いらっしゃい!」

ほぼノータイムでドアが開いた。伊吹の顔に助かったと書いてあり、目をやると上がり框《かまち》に艶《つや》やかな革靴が揃えてあった。

「どうぞ」

通されたリビングに、嘉納がいた。今来たばかり、という様子で一人掛けのソファにゆったり足を組んでいるが、いつになく所在なさげだ。

「こんにちは、この前はどうもご馳走《ちそう》さまでした」

有がことさら明るい声で挨拶をした。

「嘉納さんが来るからって、伊吹さんに招んでもらって来たんですよ」

「俺は、今日は近くを通ったので寄らせてもらった」

嘉納が微妙に言い訳がましい調子で言った。

近くにお立ち寄りの際にはぜひ、の決まり文句をまともに受け取ったのでは疑惑が浮かびかけたが、この顔つきはどうしても伊吹に会いたくて社交辞令をたてに押しかけた、という線のほうが濃厚だ。対して伊吹もそれはわかっているし嬉しいし、でもいざ嘉納がやってくる段になって緊張のあまり助けを求めてしまった——というのが見てとれた。

有づてに聞いている二人の関係の焦《じ》れ焦れ具合が手に取るようにわかる。

有が「これ、お土産です」と保冷箱を伊吹に差し出した。

「実家から岩牡蠣送ってきたんですけど、食べきれないのでよかったら」

「あ、ありがとうございます」

「それにしても、聞いてた通りDIYすごいですね。壁、自分でペイントしたって言ってましたけど、これそうなんですか？」

「ええ。染みを隠したくて」

緊張をほぐすべく明るく話す有に、伊吹が気恥ずかしそうにうなずいた。

「君が、自分で塗ったのか？」

嘉納がびっくりしたようにソファから身を乗りだした。

「いい青だ」

「ありがとうございます」

確かに綺麗なブルーだが、嘉納にとっては伊吹がペイントした、という事実が加算《かさん》ポイントになっているのは間違いない。それが恋のフィルターというものだ。

「あの、おもてなしできるものがなにもなくて。これいただいてもいいですか？」

有が渡した牡蠣の保冷箱を手に、ワインもいいのがないんですけど、と伊吹がキッチンでわたわたしている。

「牡蠣の殻《から》、剝《む》けるかな」

「あー、専用ナイフ持ってきたらよかったですね」

「俺がしよう」

嘉納が腰を上げた。伊吹から牡蠣を受け取ると、嘉納は果物ナイフで器用に殻を開け始めた。キッチンにいた有がすすすっと道隆のところに戻ってきた。伊吹が遠慮がちに嘉納の手元を見ている。

「お上手ですね」

「レモンか岩塩《がんえん》があればいいんだが」

「あ、岩塩はあります」

「いい牡蠣だ。どうぞ、食べてくれ」

「いいんですか?」

「君のために殻を開けた」

え、と伊吹が頰を染めている。至近距離で見つめ合っている二人に、隣の有がやれやれ、とばかりに肩をすくめた。

「嘉納さんも召し上がってください」

「ありがとう。君は手がきれいだな。今さらだが」

「そんな」

馬鹿馬鹿しくなって脱力していると、有が目配せしてきた。退却サインにうなずき返すと、有は「ああっ」とわざとらしい声を上げた。

「道隆、パスタ仕込んだままだった！」

「やべえ、帰らないと」

えっ、とこっちを向いた二人に「すみません、急用ができました」と言い捨てて、有と一緒にとっとと退却した。ドアを閉める一瞬前に、伊吹の口がすみません、と動いたのが目に入った。頑張ってください、と心の中でエールを送る。

古めかしいマンションの階段を有と駆け下り、外に出てから顔を見合わせて同時に噴き出した。

「なんだったんだ俺たち」

「牡蠣届けに行っただけだったね」

仲良く牡蠣の殻を剥いていた二人に、あれは一緒に料理する派になるな、とにやにやした。

「せっかくのパスタ犠牲にしちゃったけど、まあいいや」

「わかんねえぞ？　有の料理は奇跡が起こるからな」

「奇跡ってなんだよー」

笑いながら有が手を繋《つな》いできた。弾んでいる気持ちが伝わってくる。

実家から「二人でどうぞ」と食料品が送られてきて、それを近所の友達におすそ分けしに行った。

客観的にはたったそれだけのことだ。

それなのに、そんななんでもないことで、道隆も不思議なほど心が明るくなっている。

そしてふと、有や嘉納の属性について、今日は一度も意識しなかったことに気がついた。

「引っ越ししたら、今度はうちに来てもらって、みんなでご飯食べたいね」

みんなで、のところで有が晴れ晴れとした顔で笑った。年末に引っ越す予定のマンションもこの近くだ。

返事の代わりに、道隆は有の手を強く握り返した。

この本を読んでのご意見、ご感想などをお寄せください。
安西リカ先生・市川けい先生へのはげましのおたよりもお待ちしております。

〒113-0024 東京都文京区西片2-19-18 新書館
[編集部へのご意見・ご感想] ディアプラス編集部「普通〈ベータ〉の恋人」係
[先生方へのおたより] ディアプラス編集部気付 ○○先生

- 初出 -
普通〈ベータ〉の恋人：小説ディアプラス21年ナツ号（Vol.82）
五月の庭：書き下ろし
ダブルデート：書き下ろし

[ベータのこいびと]
普通〈ベータ〉の恋人

著者：**安西リカ** あんざい・りか

初版発行：2022年9月25日

発行所：株式会社 新書館
[編集] 〒113-0024
東京都文京区西片2-19-18 電話（03）3811-2631
[営業] 〒174-0043
東京都板橋区坂下1-22-14 電話（03）5970-3840
[URL] https://www.shinshokan.co.jp/

印刷・製本：株式会社 光邦

ISBN978-4-403-52558-2

ディアプラスBL小説大賞
作品大募集!!

年齢、性別、経験、プロ・アマ不問！

賞と賞金

大賞：30万円 +小説ディアプラス1年分

佳作：10万円 +小説ディアプラス1年分

奨励賞：3万円 +小説ディアプラス1年分

期待作：1万円 +小説ディアプラス1年分

＊トップ賞は必ず掲載!!

＊期待作以上のトップ賞受賞者には、担当編集がつき個別指導!!

＊第4次選考通過以上の希望者の方には、個別に評をお送りします。

内容

■キャラクターとストーリーが魅力的な、商業誌未発表のオリジナルBL小説。

■Hシーン必須。

■同人誌掲載作は販売・頒布を停止したもの、ネット発表作品は該当サイトから下ろしたもののみ、投稿可。なお応募作品の出版権、上映などの諸権利が生じた場合、その優先権は新書館が所持いたします。

■二重投稿、他者の権利を侵害する作品の投稿は固く禁じます。

ページ数

◆400字詰め原稿用紙換算で**120**枚以内（手書き原稿不可）。可能ならA4用紙を縦に使用し、20字×20行×2〜3段でタテ書き印字してください。原稿にはノンブル（通し番号）をふり、右上をひもなどでとじてください。なお、原稿には作品のストーリー概要を400字以内で必ず添付してください。

◆応募原稿は返却いたしません。必要な方はバックアップをとってください。

しめきり 年2回：1月31日／7月31日（当日消印有効）

発表 1月31日締め切り分……小説ディアプラス・ナツ号誌上（6月20日発売）

7月31日締め切り分……小説ディアプラス・フユ号誌上（12月20日発売）

あて先 〒113-0024 東京都文京区西片2-19-18
株式会社 新書館　ディアプラスBL小説大賞 係

※応募封筒の裏に【タイトル、ページ数、ペンネーム、住所、氏名、年齢、性別、電話番号、メールアドレス、連絡可能な時間帯、作品のテーマ、執筆日数、投稿歴、投稿動機、好きなBL小説家】を明記した紙を貼って送ってください。